JAPAN-EDITION
Keizo Hino, Trauminsel

JAPAN·EDITION

Keizo Hino

Trauminsel

Roman

Aus dem Japanischen von
Jaqueline Berndt und Hiroshi Yamane

edition q

Japanischer Originaltitel:
Yume no shima
Kodansha, Tokyo, Japan 1985

JAPAN-EDITION
Herausgegeben von
Jürgen Berndt und Klaus R. Dichtl

Die Deutsche Bibliothek – CIP-Einheitsaufnahme

Hino, Keizō:
Trauminsel : Roman / Keizo Hino. Aus dem Japan. von
Jaqueline Berndt und Hiroshi Yamane. – Berlin : Ed. q, 1993
(Japan-Edition)
Einheitssacht.: Yume-no-shima <dt.>
ISBN 3-86124-229-X

Lektorat: Klaus R. Dichtl
Umschlaggestaltung: Atelier Höpfner-Thoma, München
Gesamtherstellung: Ebner Ulm
Printed in Germany

ISBN 3-86124-229-X

JAPAN · EDITION

Keizo Hino – Trauminsel

世界を究めようとする意志と自然に対する畏れとを、共に深く体験してきたドイツの魂に、敬意と親近感とを覚えています。日本の知的人間たちも、その矛盾に引き裂かれる苦悩を経験しております。もはやエキゾチックな島国の情緒に自足してはおりません。

日野啓三

ドイツの読者の方々に

一九九二年八月

An die deutschen Leser

Der Wille zur Erforschung der Welt und andererseits die Ehrfurcht vor der Natur; dies beides ist tief in der deutschen Seele verwurzelt. Ich habe vor ihr Achtung, und ich fühle mich zu ihr hingezogen.

Auch die intellektuellen Menschen in Japan erleben die Qual dieses Gegensatzes. Es trifft nun nicht mehr zu, zu sagen, sie seien mit der „Exotik des Insellandes“ zufrieden.

Frühjahr 1993 — *Keizo Hino*

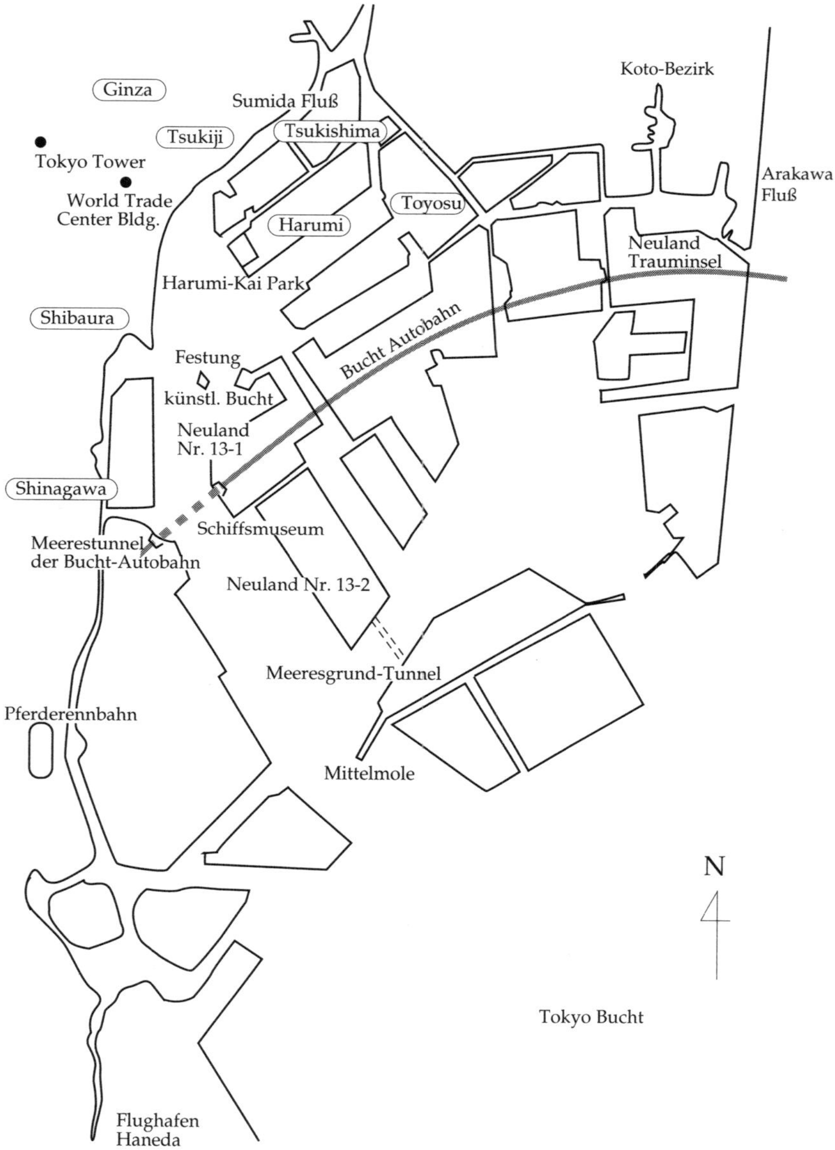

Ginza
Sumida Fluß
Koto-Bezirk
Tsukiji
Tsukishima
Tokyo Tower
World Trade Center Bldg.
Arakawa Fluß
Toyosu
Harumi
Neuland Trauminsel
Harumi-Kai Park
Shibaura
Bucht Autobahn
Festung
künstl. Bucht
Neuland Nr. 13-1
Shinagawa
Schiffsmuseum
Meerestunnel der Bucht-Autobahn
Neuland Nr. 13-2
Meeresgrund-Tunnel
Pferderennbahn
Mittelmole
N
Tokyo Bucht
Flughafen Haneda

1

Wenn unser Bewußtsein sich zu ändern beginnt (und das kann eine Änderung zum Guten wie zum Schlechten sein), dann tritt bestimmt etwas ein, das dem entspricht. Meistens erst einmal zufällig, kaum erwähnenswert.

(Wie sonst könnte etwas eintreten?)

Ein Geschäftsviertel im Stadtzentrum nahe der Tokyo-Bucht, kurz nach Mittag an einem sonnigen Vorfrühlingstag.

Noch trugen die Straßenbäume keine jungen Triebe, die ins Auge fielen. In den dämmrigen Lücken zwischen den Hochhäusern hing noch immer kalte Luft, doch in der Sonne fingen die Lichtteilchen schon an, vor Lebensfreude wie neugeboren herumzuspringen. Südwind zog durch die Straßen und brachte feuchte Luft in die Falten und unzähligen kleinen Löcher des hartgetrockneten Asphalts.

Auf dem Gehsteig bummelten Angestellte während ihrer Mittagspause hin und her, Männer wie Frauen. Die Sonnenstrahlen funkelten, vor allem über dem ausgelassenen Lachen der Mädchen und an den Schaufenstern der exklusiven Mode- und Schmuck-Boutiquen im Erdgeschoß der Bürohäuser.

Der erste frühlingshafte Tag; sonst war nichts Besonderes an diesem Geschäftsviertel zur Mittagszeit.

Shozo Sakai genoß wie immer nach dem Mittagessen einen kurzen Spaziergang. Er war in einem chinesischen Restaurant gewesen, in der Kelleretage eines Hochhauses, zwei Blöcke neben dem Gebäude der Baufirma, bei der er arbeitete. Schon über fünfzig, hatte er trotzdem noch kein Fett angesetzt, und seine Verdauung war auch noch intakt. Es hob seine Stimmung spazierenzugehen. Bewegung hatte er nicht unbedingt nötig. Er lief einfach gern durch dieses Geschäftsviertel.

Unter Tokyos Großbauten gab es viele fade Gebäude, nach dem Krieg hastig hingesetzte Provisorien, aber auch andere mit ausgeklügeltem Design, die aus der sogenannten zweiten Nachkriegsgeneration. Die Bürohäuser in dieser Straße waren alle auf ihre Weise neu. Stattliche alte Häuser aus der Vorkriegszeit, die von den Luftangriffen verschont geblieben waren, übten auch ihren Reiz auf ihn aus. Aber schön fand er vor allem die neueren Gebäude, bei denen scharfe geometrische Formen ohne überflüssiges Dekor und das Mineralisch-Metallische der Materialien effektvoll zusammenspielten.

Wenn an einem verregneten Abend plötzlich die Wolken aufrissen, die Abendsonne wie ein goldener Pfeil die Luft durchbrach und an den Wänden und Fensterreihen der Hochhäuser aufstrahlte, war er immer so erregt, daß er am ganzen Körper zitterte.

Jetzt am Tage hatte die Sonne nichts Außergewöhnliches, es gab keine der unerwarteten Lichteffekte wie morgens oder abends. Diese strahlend heitere Mittagspause versetzte ihn dennoch in angenehme Stimmung, und so lief er weiter als sonst. Er dachte an nichts Besonderes und gab sich auch keinen Erinnerungen hin. Er schaute in den Himmel, dessen winterliche Härte nachgelassen hatte, warf einen flüchtigen Blick auf das Profil der Schaufensterpuppen, die leicht den Kopf neigten, und starrte in das Spiegelbild eines Hauses auf der polierten Kühlerhaube eines schwarzen Autos. Als er den Blick wieder nach vorn hebt, taucht es plötzlich auf.

Vor ihm alles wie immer. Die rauhen, braunen Wände einer Treuhand-Bank, das goldene Arabeskenmuster, das die Tür aus dickem Glas einfaßt, die Flecken auf der Rinde der Straßenbäume, drei gemeinsam vorbeilaufende Firmenmädchen in hellblauen Uniformen. Aber das ganze wie auf einem doppelt belichteten Foto überlagert von einer anderen Szene.

Im dumpfen, schwachen Licht vor der Abenddämmerung eines wolkenverhangenen Tages reihen sich Gebäude aus dunkelroten Ziegelsteinen. Von gleich niedriger Höhe und solider Machart, mit vorragenden Zementpfeilern, die durch Wind und Regen in Mitleidenschaft gezogen sind, und Steintreppen am Eingang vom selben Hellgrau. Zu beiden Seiten der Eingänge stehen runde Steinsäulen. An jedem Gebäude findet sich, in die rote Ziegelwand eingelassen, eine viereckige Kupferplatte. Auf einer dieser Platten ist zu entziffern: „Mitsubishi-Haus Nr. 21".

Hier gibt es eine Einrichtung, wo man unentgeltlich Zeitungen, Zeitschriften, Prospekte und Bücher aus der Sowjetunion einsehen kann. Kein sehr großer Lesesaal, kleine Fenster. Das gelbliche Licht einer Wolframlampe erhellt den kühlen, fast bedrückend stillen Raum. Er kann die Titelseite einer großformatigen Zeitschrift sehen. Schmuckloses, blaßblaues Papier von schlechter

Qualität. Er erkennt den dunkelblau aufgedruckten Titel der Zeitschrift in russischen Lettern: „**Октябрь**". Es ist das Organ des sowjetischen Schriftstellerverbandes, dessen Name „Oktober" auf „Oktoberrevolution" deutet.

Er wunderte sich zwar. Aber nicht so, daß er mit stokkendem Atem auf der Straße stehengeblieben wäre. Das Bild von den roten Ziegelgebäuden und den dunkelblauen russischen Lettern hatte sich blitzartig dazwischengeschoben, aber irgendwie natürlich. Außerdem verschwand es so schnell wieder, wie es gekommen war.

Sicher, als Student kurz nach dem Krieg, hatte er sich auf die Suche nach dem „Mitsubishi-Haus Nr. 21" gemacht, war einige Male im „Sowjetischen Kulturzentrum" gewesen und hatte dort Literaturzeitschriften gelesen. Aber nach dem Studium hatte er weder mit der Sowjetunion noch mit Literaturzeitschriften zu tun gehabt und das alles schon so gut wie vergessen. Auch seit seine Firma vor etwa zehn Jahren hierhergezogen war, hatte er nicht mehr daran gedacht. Warum sollte er sich an diese bedeutungslosen Dinge von früher erinnern? Er hatte sowieso keine nostalgischen Neigungen; noch weniger, nachdem seine Frau vor drei Jahren an einer plötzlichen Krankheit gestorben war. Er wollte nicht in die Vergangenheit zurückschauen. Eben hatte er zwar die Titelseite der Zeitschrift so deutlich gesehen, als hielte er sie in der Hand, aber im Grunde genommen sehnte er sich nicht im geringsten nach jener Zeitschrift, jenem Ort oder seinem damaligen Selbst zurück.

Er versuchte nüchtern zu denken, doch seine eben noch blendende Laune war getrübt. Das hatte nichts mit der Sowjetunion zu tun und auch nichts mit seiner Studentenzeit. Eher beschlich ihn das unheimliche Gefühl, in dieses neue Viertel, das er bislang immer für seine Welt gehalten hatte, sei plötzlich etwas Unerwartetes, Fremdes eingebrochen.

Lächerlich, sich als erwachsener Mann über solche Nichtigkeiten aufzuregen, eigentlich ist doch gar nichts passiert ... Trotzdem, auf dem Rückweg zur Firma breitete sich in seinem Innern nach und nach so ein Gefühl aus, als liefen eigenartige Risse über seinen Realitätssinn. Bisher hatte er ihn ganz selbstverständlich glauben lassen, er sei mit diesem neuen Viertel in stillschweigendem Einvernehmen.

Ein für den Abend geplantes Geschäftsessen wurde verschoben, der Partner war verhindert.

„Hast du Lust, mit mir noch irgendwo etwas zu trinken?", fragte Shozo einen jungen Kollegen, der gerade nach Hause wollte.

Vor der Firma warteten sie auf ein Taxi. Auf der Straße konnte man die Leute jetzt schon zählen. Zur Mittagspause hatte es nur so gewimmelt von Menschen. Mittlerweile wurden die Tage länger. Im Abenddunkel blieb noch eine Bläulichkeit zurück wie auf dem Grunde eines flachen Gewässers, aber in allen Häusern brannte Licht. Besonders schön waren die Lichter in den geraden Fensterfluchten der über zehn Etagen hohen Gebäude.

„Ich mag den Anblick des Geschäftsviertels am Abend mit den Lichterreihen in den Fenstern", meinte Shozo im Taxi. „Spät nachts allerdings nicht so sehr, wenn sie aus sind oder nur noch ein Teil von ihnen brennt. Ich weiß auch nicht, warum. Vielleicht, weil alles Überflüssige verschwindet, ob die Passanten oder die Farbunterschiede der Gebäude. Die Häuser erscheinen dann in ihrer reinsten Gestalt. Wenn mir die späten Lichter so gefallen, dann sicher nicht, weil ich mir vorstelle, wie sie da drinnen alle bis in die Nacht hinein schuften. Was die hinter den Fenstern machen, interessiert mich eigentlich nicht. Es ist einfach nur schön."

„Wie New York bei Nacht . . ."

„Ja, vielleicht. Als ich nach dem Krieg im Kino einmal New York bei Nacht sah, kam mir das vor wie eine andere Welt."

New York wird sich seitdem kaum verändert haben, dachte Shozo.

„Wahrscheinlich. Ich war da noch nicht mal geboren . . ."

„Ja, es war wie ein Traum. Den haben wir inzwischen mit unseren eigenen Händen verwirklicht. Unsere Firma hat doch auch einige der Häuser gebaut, die man von hier aus sehen kann, nicht wahr?"

„Hier ist es", sagte der junge Kollege nüchtern. Das Taxi hielt sofort an. Shozo stieg aus dem Auto und versuchte sich soeben zu orientieren, als ihn eine starke Böe erfaßte, die auf einmal von oben herabfauchte und ihn fast umwarf.

„Das kommt von dort drüben."

Der junge Kollege blickte auf und zeigte auf die andere Straßenseite. Ein neues Haus, etwa dreißig Stockwerke hoch, ragte mit seinen klaren Lichterreihen in den tiefblauen Himmel.

„Das sind ja schlimme Wirbel . . ."

Er hatte eigentlich angenommen, sich mit den Wirbelwinden am Fuß von Wolkenkratzern auszukennen, aber am eigenen Leibe hatte er sie so noch nicht erlebt.

„Nicht nur der Wind, auch die Funkstörungen sind erheblich bei diesen Häusern."

Neben dem Wolkenkratzer standen da noch einige schäbige Geschäftshäuser von drei, vier Etagen mit verschiedenen Büros, Läden und Gaststätten. Ladenschilder klapperten im Wind. Frauen trippelten vorbei, versuchten, mit einer Hand ihr Haar zu bändigen. Der Wind nahm zu, änderte dabei seine Richtung, setzte plötzlich aus, um dann um so heftiger zuzupacken. Als würde ihn eine unsichtbare Barriere behindern. „Die Gasse dort." Mit eingezogenem Kopf hastete Shozo fast atemlos hinüber.

Er war förmlich hineingestürzt in das kleine japanische Restaurant. Als er am Tisch saß, war ihm, als habe er die Grenze zu einer anderen Welt überschritten.

„Nicht zu glauben, daß es unter einem Wolkenkratzer so etwas gibt . . ."

Er war wirklich erstaunt.

„Das ist Japan. Über solchen Lädchen errichtet es hypermoderne Gebäude."

Häuser aus Holz und Papier, brüchige Hütten, die einander stützend sich mühsam aufrecht halten, flach gebaut, als knieten sie vor der Schwerkraft folgsam am Boden – darüber Bauten aus Stahl und Beton, die sich aus eigener Kraft über die Erde erhoben. Solche Riesen bauten sie immer noch. Würden auch weiterhin mehr und mehr davon bauen.

„Wo wohnst du denn?"

Er wollte eigentlich wissen wo, doch der andere antwortete: „Zur Miete, in einer Neubausiedlung."

„Kannst du nicht günstig in eine Eigentumswohnung von unserer Firma in der Stadt ziehen?"

„Kann ich, wäre aber trotzdem teuer. Keine Lust, das ganze Leben lang den Wohnungskredit abzuzahlen. Aber stimmt schon, solche Siedlungen, das sind schließlich nur Einheitskästen aus Beton. Ein Kasten neben dem anderen – das hat man schon manchmal über. Im Sommer ist es besonders schlimm, da läßt man ja die Fenster offen. Dann sieht man, wenn man zufällig rüberschaut, im Haus gegenüber genau dieselben Zimmer, dieselben Möbel. Die sehen sogar das gleiche im Fernsehen. Doch ist das denn bei Eigentumswohnungen so anders?"

Häuser aus Stahl und Beton, die waren für ihn noch Lebensziel gewesen, die Jungen nehmen sie einfach als gegeben.

„Kann schon sein", brummte Shozo. Auch die Hochhausviertel, die ihn erregten, wirkten auf die Jungen wahrscheinlich anders.

„Wann ist eigentlich das ‚Sowjetische Kulturzentrum' verschwunden, das in der Nähe unserer Firma war?"

Plötzlich war es heraus, was die ganze Zeit seit der Mittagspause in seinem Hinterkopf gespukt hatte.

„Was, sowas hat es gegeben? In unserer Gegend?"

„Ja, da lagen sowjetische Zeitungen und Zeitschriften aus, die konnte man kostenlos lesen."

„Hätte ich von Ihnen nicht gedacht, daß Sie im ‚Sowjetischen Kulturzentrum' waren."

„Naja, in meiner Studentenzeit habe ich so aus Spaß ein bißchen Russisch gelernt. Ich war dort kein ständiger Besucher, habe nur ein paar Mal reingeschaut."

„Wenn Sie wollen, erkundige ich mich. Das müßte schnell herauszufinden sein."

„Nein, nicht nötig, ist mir nur so eingefallen. Habe mich einfach nur daran erinnert."

Shozo spürte es in seinem Innern schwanken. Normalerweise vertrug er ziemlich viel Alkohol. Jetzt schmerzte ihm schon der Kopf. Das Blut pochte in den Schläfen. Die Stimmen und das Gelächter in dem kleinen Raum mischten sich und rauschten wie Brandung.

„Ist Ihnen nicht gut?" Besorgt sah ihn der andere an.

„Hab' etwas Kopfschmerzen."

„Sie sind erschöpft, Sie arbeiten zuviel. Vielleicht sollten Sie mal ausspannen, Urlaub nehmen . . ."

Shozo sah ein, daß es wahrscheinlich weder um die Sowjetunion noch um diese Zeitschrift ging. Es war das einzige Geschäftsviertel, das die Luftangriffe verschont hatten. Aus heutiger Sicht bloß grobschlächtige Bürohäuser, nicht einmal dieser Bezeichnung wert. Aber es gab dort etwas, das standgehalten, in dieser Stadt voller Brandruinen und Baracken seine Form unanfechtbar bewahrt hatte.

Er hatte ein unbändiges Verlangen danach, das Viertel zu sehen, die Reihen seiner Hochhäuser, in deren geraden Fensterzeilen die Lichter brannten. Es ist ein Luftloch im Wirbel der Winde, dachte er und sagte:

„Gehen wir."

2

Am Sonntagnachmittag nahm Shozo einen Bus in Richtung Ginza. Er wollte dort essen, ein spätes Mittag- oder vorzeitiges Abendbrot.

Auch an Sonn- und Feiertagen sind viele mit dem Auto unterwegs, aber sie fahren nicht so blutrünstig vor Ungeduld wie sonst. Man kann sich in Ruhe die Stadt anschauen. Seit er allein war, fuhr er an seinen freien Tagen oft mit dem Bus durch Tokyo und machte seine „Stadtrundfahrt". Irgendwo fand er immer ein neues Bürohochhaus, einen außergewöhnlichen Wohnbau. Manchmal stieg er dann aus, lief zurück und sah sie sich gründlich aus der Nähe an.

Viele Kinder . . . Es fiel ihm auf, als an der Haltestelle Sukiyabashi, in der Nähe vom Yurakucho-Bahnhof, gleich ein Dutzend auf einmal einstieg. Hauptsächlich Mittelschüler, auch ein paar ältere Grundschüler und Oberschüler. Jungen und Mädchen gleichermaßen.

Die könnten zu einem Rockkonzert unterwegs sein, überlegte er. Aber in dieser Gegend gab es doch keine so große Halle. Außerdem waren sie auch gar nicht danach angezogen und benahmen sich ganz anders. Weder ausgefallene Kleidung noch Frisuren und überhaupt nicht übermütig, eher ausgesprochen still. Sie dämpften sogar die Stimme, wenn sie kurz miteinander redeten. Shozo, der zu Kindern normalerweise keinen Kontakt hatte, wurde plötzlich neugierig.

Gleichzeitig bekam er Lust, einmal wieder bis zur Endstation Harumi hinauszufahren. Er stieg also nicht in der Ginza aus. Wieder kamen einige Kinder dazu. Als sie losfuhren, war er fast der einzige Erwachsene im Bus.

Von der Spitze des Harumi-Kais aus fand Shozo Tokyo am schönsten. Wie Manhattan mit Blick von der New Yorker Bucht. Jenseits der immer wieder schwarzblau wogenden Wasserfläche der Tokyo-Bucht waren nur die um den Tokyo-Tower zusammengedrängten Hochhäuser zu sehen. Er war oft allein hierher gefahren und hatte bis zum Einbruch der Dunkelheit die Silhouette Tokyos betrachtet. Jedesmal gab es mehr Gebäude. Und manchmal hatte ihn der Anblick der sich auftürmenden Stadt regelrecht aufgemuntert.

Als der Bus Tsukiji hinter sich gelassen hatte und über die Kachidoki-Brücke auf die Insel Tsukishima kam, fielen Shozo die vielen gleichaltrigen Kinder rechts und links auf den Gehsteigen auf, die alle in dieselbe Richtung liefen. Es wurden noch mehr, als sie nach Harumi hinüberfuhren. Von der breiten Straße, auf der sonst kein Verkehr war, bog der Bus nach rechts ein auf ein Gelände mit Hallen, die wie Lagerhäuser aussahen. Er hielt neben einem großen Gebäude von merkwürdiger Gestalt. Er sah aus wie eine riesige, umgestülpte Metallschüssel. Die von der Straße kommenden Kinder verschwanden darin, als würden sie aufgesaugt. Die Kinder im Bus stiegen aus. Shozo schloß sich ihnen einfach an.

Wenn hier etwas stattfand, mußte das am Eingang dieses Gebäudes, groß wie ein Stadion, doch irgendwo dranstehen. Aber es war nichts zu finden. Kein Transparent und auch keine Anmeldung oder so etwas ähnliches. Die Kinder jedenfalls strömten da hinein.

Außer ihm waren keine Erwachsenen zu sehen. Er fühlte sich dadurch etwas gehemmt, aber die Kinder beachteten ihn nicht. Also trat er eben ein. Unter einer hohen gewölbten Decke ohne einen einzigen Pfeiler dehnte sich ein weiter Innenraum. Überall Kinder. Bestimmt über zehntausend, wenn nicht noch mehr. Ein Konzert oder eine Show liefen hier nicht. Man hatte lange, schmale Tische ordentlich zu Karrees zusammengeschoben. Darauf lagen Zeitschriften und Heftchen, offensichtlich zum Verkauf. Die Verkäufer saßen auf Klappstühlen an der Innenseite, und die Käufer strömten unablässig durch die Gänge zwischen den Tischreihen.

Es war erstaunlich still angesichts dieser Menge. Manche von den Verkäufern riefen zwar „Nur 100 Yen!" oder „Unheimlich interessant!", aber sie schrien nicht. Als er vorsichtig über die Rücken der Kinder auf die Tische spähte, sah er billige Druckerzeugnisse, nur aus Linien bestehende Bildgeschichten. Heute nennen sie die sicher nicht mehr „Manga", sondern sagen Comics dazu. Es war ein Comic-Markt, auf dem sich Amateure ihre Gruppen-Zeitschriften verkauften.

Er lief eine Weile umher, aber er konnte immer noch keinen Erwachsenen finden, nicht einmal richtige Jugendliche, Studenten oder so. Das hieß ja, diese Kinder, Mittelschüler oder höchstens jüngere Oberschüler, hatten die Veranstaltung ganz allein organisiert und so viele Leute hier zusammengebracht!

Viele zogen kostümiert durch die Gänge. Als Monster

aus dem Fernsehen, Außerirdische, Tiere, Helden und Prinzessinnen aus den verschiedensten Märchen und Mythen, einige in Nazi-Uniform mit Stahlhelm, andere als Soldaten der chinesischen Volksbefreiungsarmee. Es gab uniformierte Mädchen mit Selbstladern und ebenso Jungs als Prinzessinnen. Die Verkleidungen und Verwandlungen waren alle mit Sorgfalt gearbeitet. Mit völlig ernsten Gesichtern, nicht verlegen und auch nicht ausgelassen, schwebten die Kinder umher wie durch die Welt ihrer Phantasie. Niemand nahm zur Kenntnis, daß er als Erwachsener sich hier, ja, eingeschlichen hatte.

Eine ungewöhnliche Szenerie, aber nicht abartig, fand er. Diese Kinder hatten sich selbst einen Ort gesucht, um die Gestalten ihrer Träume leben zu können.

Aber den ziellos umherstreifenden Jungen und Mädchen in ihren Kostümen haftete auch ein Hauch von Traurigkeit an. War es in Tokyos Stadtvierteln wirklich so unerträglich geworden, daß sie nur hier, auf einer abgelegenen, künstlichen Insel ihre Träume zum Leben erwekken konnten? Dieses Tokyo hatten er und seinesgleichen gebaut.

Hätte er ansonsten mit Kindern Kontakt gehabt, wäre er vielleicht nicht so verblüfft gewesen. Aber die meisten Eltern dieser unglaublichen Menge wußten bestimmt auch nicht, was ihre Kinder mit solchem Ernst hier trieben.

Shozo war aufgewühlt und wußte nicht, warum. Er stahl sich geradezu aus der Halle. Vorn am Ende der Insel war ein Park. Shozo überquerte den Frachtgutlagerplatz am Kai, auf dem nur einige Lastwagen parkten, und ging darauf zu.

Der Rasen im Park war noch bräunlich. Auch die immergrünen Bäume waren stumpf, ausgebleicht vom trockenen Festlandwind und den salzigen Meeresbrisen. Kurz vor der Abenddämmerung war keine Menschenseele in diesem Küstenpark, der eher das Ende des Winters als den Frühlingsanfang beschwor.

Shozo ging bis zum Zaun am Wasser. Wellen schlugen an die Ufermauer aus dicken, dicht aneinandergerammten Eisen. Das Meer wirkte kalt in seinem Schwarzblau, und nur ein Teil der Wasserfläche ziemlich weit draußen funkelte matt-golden, den Schein der untergehenden Abendsonne reflektierend. Der Westhimmel war in ein blasses Orange getaucht, und davor erhob sich die Stadt Tokyo.

Er hatte Tokyo lange nicht mehr gesehen: Erstaunlich, wie viele Hochhäuser dazugekommen waren. Im Blick hatte man früher nur den Tokyo-Tower und das World Trade Center Building, die über die etwa zehnstöckigen Gebäude auf beiden Seiten hinausragten, und weit im Hintergrund verschwommen die Wolkenkratzer von Shinjuku. Jetzt zeigten sich von den beiden Ufern des Sumida-Flusses bis hinüber nach Shinagawa und Omori viele Gebäude, die mehr als zwanzig Etagen hatten.

Und diese neuen Hochhäuser standen an manchen Stellen dicht beisammen und an anderen dann wieder weit verstreut auseinander. Ein einheitliches Bild kam überhaupt nicht zustande. Das verstand sich eigentlich von selbst. Auch seine Firma hatte beim Bau von Geschäftshäusern bisher noch nie das Stadtbild von ganz Tokyo berücksichtigt, und das würde sie auch in Zukunft nicht tun. Weder Bauherr noch Baufirma konnten sich das leisten. Jeder kämpfte nur ums Überleben: Fressen oder Gefressenwerden.

Shozo kannte das gut genug. Trotzdem wurde er das Gefühl nicht los, die Gebäude aus Stahl und Beton hätten inzwischen begonnen, sich willkürlich zu vermehren. Was haben wir gemacht? Haben wir eine Stadt gebaut oder eine unbekannte Kraft geweckt und losgelassen? Eine unberechenbare Kraft, anders als die, die bisher Reihen ziegelgedeckter Häuser aus Holz und Papier wie Pilzschwemmen aus dem Boden schießen ließ. Irgend etwas ist dabei, sich zu verändern, ohne daß wir es merken. Als würde hier von allein eine Kraft heranwachsen, die wir Menschen schon nicht mehr kontrollieren können.

Plötzlich schoß mit schrill aufheulendem Motor eine weiße Barkasse vorbei. Die Wellen schlugen an die Ufermauer und brandeten heftig. Aufgescheuchte Möwen flogen, heiser krächzend, über ihm davon. Der Wind wurde kühler. Shozo knöpfte sein Jackett zu und schlug den Kragen hoch.

Ich habe rein gar nichts gemerkt, die Kinder aber spüren wahrscheinlich schon den Wandel in dieser Stadt. So viele kamen bestimmt nicht nur aus ein oder zwei Comic-Gruppen, aus drei, vier Schulen oder Stadtbezirken. Als hätten die Kinder Tokyos eines Nachts denselben Traum gehabt und sich hier aus allen Ecken der Stadt stillschweigend versammelt.

Der Himmel hinter Tokyo verfärbte sich in kurzer Zeit von einem rötlichen Gelb zu einem lichten Rot und dann zu einer Art kräftigem Violett. Die Schatten des Häusergewirrs wurden noch schwärzer, und eine unheilvolle, trostlose Aura legte sich über all das, was Shozo vor sich sah. Die zerrissenen Wolken, tiefrot, trieben – was war das bloß für ein Wind? – kreuz und quer am Himmel entlang und wechselten ständig ihre Form. Als ob auf dem ganzen westlichen Horizont über dem Meer der Hochhäuser Flammen hochschlugen, angefacht von diesem Wind.

So hatte es wirklich gebrannt! dachte Shozo. Ungefähr zur gleichen Zeit, im Frühjahr kurz vor Kriegsende, gab es Nacht für Nacht Luftangriffe auf das ganze Gebiet, von der Mündung des Sumida-Flusses bis nach Shinagawa und Omori fielen die Bomben. Hätte er damals hier gestanden, wären überall Flammen gewesen, im Westen, im Norden, im Süden. Ein Feuer, das nächtelang loderte. Die Flammen drängten sicher bis ans Wasser, setzten den Nachthimmel in Brand und erhellten das Meer. Aber Shozo war damals nicht hier gewesen, und so schlugen nun in seiner Phantasie Flammen aus den Fenstern des World Trade Center Building, versank der Tokyo-Tower im Feuer, verbogen sich in heftiger Hitze und Flammenschein die unzähligen neuen Hochhäuser. Das Feuer loderte überall um ihn herum. Auch die Gastanks hinten am Toyosu-Kai hatten sich knallrot gefärbt, Flammen stoben hoch, Flammen ...

Schließlich kam das Feuer zur Ruhe, der letzte Schimmer der Abendsonne verblaßte rasch, und ein grauer Dunst legte sich über die Gegend. Doch Shozo war, als hätte er unheilvolle atmosphärische Ströme gesehen, die rasenden Flammen gleich über den Stadtvierteln von Tokyo wirbelten.

Er verließ den Park in der Nähe der Endhaltestelle des Busses. Die breite Straße, auf beiden Seiten fünfspurig, führte von der Rückseite der grauen Halbkugel, wo sich die Kinder versammelt hatten, geradewegs hierher und endete am Park als Sackgasse.

Am Rand der Fahrbahn parkten mehrere Lastwagen und Autos, aber auf der Straße, breit und eben wie die Rollbahn eines Flugplatzes, waren weder Fahrzeuge noch Menschen. Noch war es nicht richtig Nacht, die Abendsonne aber schon erloschen. Der Asphalt zeigte sich in bräunlichem, trockenem Dunkelgrau, linkerhand befand sich der Lagerplatz für die Schiffsfrachten, rechts standen an der Ufermauer große, sechs- und siebenstöckige Lagerhallen. In der Abenddämmerung der künstlichen Insel war die Luft besonders kalt und rauh.

Shozo hatte so ein Gefühl, daß einiges aufgebrochen war. Er wollte zur Bushaltestelle, schräg über die breite Straße. Sein Blick streifte noch einmal das Halbkugeldach vorn an der Fahrbahn. Die Kinder sind bestimmt schon unterwegs nach Hause. Plötzlich löste sich von dem Bau ein kleiner schwarzer Punkt, ein einziger nur, zerriß die gespannte Stille zwischen Tag und Nacht und hielt direkt auf ihn zu.

Zuerst erfaßte er es nicht, dann wurde es deutlich. Ein Motorrad, das sich mit hoher Geschwindigkeit näherte. Ein mörderisches Tempo. Shozo, gerade kurz vor der Fahrbahnmitte, mußte sich in Bruchteilen von Sekunden entscheiden: Vor oder zurück. Zum Losrennen hatte er keine Lust. Die Straße endete sowieso einige Meter hinter ihm am Park. Der Fahrer würde bestimmt sein Tempo drosseln.

Shozo ging etwas schneller weiter. Das Motorrad voll auf ihn zu. Der rast in den Park mit dem Schwung und fliegt von der Ufermauer ins Meer! Mitten auf der Fahrbahn blieb Shozo wie angewurzelt stehen. Es war weniger die drohende Gefahr. Vielmehr war er wie gelähmt im Angesicht eines unfaßbaren Phänomens.

Die schwere, starke Maschine dröhnte kaum, trotz ihres Tempos. Sie kam regelrecht angeflogen.

Der muß doch vom Gas runtergehen oder zumindest die Richtung ändern! Der muß mich doch sehen! konnte Shozo gerade noch denken. Da war das Motorrad schon an ihm vorbeigeschossen. Knapp vor seiner Nasenspitze. Der Luftzug ließ ihn taumeln. Nicht einmal Zeit zum Schreien hatte er gehabt. Der wird durch den Parkzaun rasen! Shozo hielt die Luft an.

Doch auf den Punkt genau ging der Fahrer auf die Bremsen. Nur Millimeter stand das Vorderrad vor dem Zaun.

Shozo beherrschte seine Stimme nicht mehr. „Mensch du, das ist doch gefährlich!"

Der Fahrer schien ziemlich jung. Er stellte den Lenker schräg und stützte die Maschine mit einem Fuß. Ein erstaunlich zierlicher Fahrer auf einem so großen Motorrad. Er trug eng anliegende schwarze Kleidung, die wie ein Taucheranzug aussah. Auch die Halbstiefel und der Helm waren schwarz. Irgendwas von draußen kann der unter seinem großen Helm, dick wie ein altertümlicher Taucherhelm, bestimmt nicht hören, dachte Shozo. Die Hände in den schwarzen Handschuhen lässig überm Lenker, sah der Fahrer zu ihm rüber.

Ein Gesicht konnte Shozo nicht erkennen, obwohl das Visier des Helms durchsichtig war. Das Dickicht vom Parkinnern schob sich dazwischen. Ringsum wurde es mit einem Mal dunkel. Nur die silbrigen Teile des Motorrads schimmerten kalt.

Der Jugendliche hatte noch nichts gesagt. Er war wahrscheinlich genauso schockiert wie Shozo, hatte ihn eben erst wahrgenommen und sich vielleicht deshalb umgedreht. Shozo sprach lauter.

„Um ein Haar hättest du mich umgefahren. Mann, guck nach vorn, wenn du fährst!"

Ganz ruhig zog der sich den Helm vom Kopf. Was ist das bloß für einer. Rast wie verrückt durch die Gegend und dann kein Wort. Bestimmt ein frustrierter, in sich abgekapselter Bursche, komischer Typ.

Der vermeintlich schwere Helm ließ sich wider Erwarten leicht abnehmen. Nachdem er ihn herunter hatte, schüttelte er ein paar Mal den Kopf. Da floß ihm langes Haar bis auf die Schultern. Shozo blieb die Luft weg. Eine Frau.

Eine Weile schwiegen beide. Wie hat sie dieses lange Haar nur unter den Helm gekriegt, dachte er zerstreut. Hatte sie es zusammengedreht oder mit einer Nadel festgesteckt? Wie sie die Nadel herauszog, hatte er allerdings nicht sehen können.

Plötzlich brach sie in Lachen aus.

„Einem Mädchen können Sie wohl nicht böse sein, was? Vorhin waren Sie doch so wütend, als ob Sie gleich zuschlagen würden. Ehrlich, ich konnte wirklich nichts sehen. Hab' nämlich nur dran gedacht, wie weit ich voll aufdrehen kann, ohne in den Park zu krachen."

„Das war ja wohl gerade das Gefährliche."

„Nein. Wenn ich ganz auf mich konzentriert nach vorn rase, weicht das Motorrad von allein aus. Wenn ich dagegen ständig vor und zur Seite sehe, wird der Körper starr. Dann passiert gerade was."

„Aber es sah so aus, als würdest du mich umfahren."

„Ich hab' Sie doch nicht umgefahren. Hätte ich Sie

auch nur einen Augenblick beachtet, wäre ich bestimmt draufgerast. Auf Sie oder auf diesen Zaun . . ."

Komische Logik, dachte er, aber ziemlich geradezu, wie sie sprach. Seltsame Frau. In der Firma gab es eine Menge junge Frauen. Unter ihnen waren auch ganz aufgeweckte Mädchen. Einer wie dieser begegnete Shozo jedoch zum ersten Mal. Er kannte sich nicht aus, was für ein Leder oder Kunstleder das war, aber die feste, geschmeidige tiefschwarze Kleidung, die Halbstiefel und die Lederhandschuhe paßten genau zu ihr. Und die große, schwere und starke Maschine hatte sie sicher im Griff.

In der einen Hand hielt sie den Helm, mit der anderen ordnete sie ihr Haar. Sie tat es in aller Ruhe. Shozo war noch nie mit einem Motorrad gefahren, konnte sich aber vorstellen, wie unmittelbar man Wind und Gefahr darauf ausgesetzt war. Da hatte man keine Karosserie um sich herum.

„Jedenfalls ist es mir kalt über den Rücken gelaufen. Mein Herz ist nicht ganz in Ordnung."

„Tut mir wirklich leid. Als Entschädigung würde ich Sie ja nach Hause bringen, aber es ist nun mal Vorschrift, daß man auch auf dem Rücksitz einen Helm braucht."

„Um Himmels willen! Ich bin doch nicht so verrückt, auf ein Motorrad zu steigen, das eine so wild fährt wie du!" gab Shozo prompt zurück. Dabei zuckte ihm gerade durch den Kopf, wie es wäre, an die Hüfte dieses merkwürdigen Mädchens geklammert, über den offenen Asphaltweg, diese Rollbahn hier, zu jagen. Vor Schreck, so etwas zu denken, schüttelte er den Kopf.

Sie lachte laut auf. Dann stellte sie plötzlich den Scheinwerfer des Motorrads an. Das starke, stechende

Licht beschien die Straße, die der Haut eines riesigen Reptils ähnelte, und einen Teil des Parkdickichts, das ihm wie der schwarze Pelz einer hockenden Bestie vorkam.

„Tja, da kann man nichts machen. Aber daß Sie zu dieser Stunde allein an einem solchen Ort herumschlendern, ist auch nicht gerade in Ordnung."

Mit diesen Worten setzte sie rasch ihren Helm auf (wie sie ihr langes Haar wieder darunterkriegte, konnte er nicht sehen). Kaum hatte sie den Motor angelassen, da wendete sie schon die Maschine und fuhr los. Das Auspuffrohr blitzte silbrig auf, der starke Scheinwerfer zog sofort mit rasendem Tempo über die breite Straße, und dann verschwand sie auf einmal. Die Halbkugel war jetzt nur noch vage zu sehen.

Er hatte weder Träume noch Halluzinationen gehabt. Der Benzingeruch hing ja noch in der Luft. Aber real schien es ihm auch wiederum nicht. Zumindest blieb in ihm ganz unmittelbar ein Gefühl zurück, das völlig anders war als alles, was er bisher kannte. Als sei ein schwarzer Wind voll seltsamer Lebenskraft plötzlich durch seinen Körper gezogen.

3

Seitdem fuhr Shozo fast jeden Sonntag hinaus zu dem aufgeschütteten Land.

Je weiter der Frühling voranrückte, desto mehr Menschen waren im Küstenpark und am Kai, wo die Fähren nach Kyushu ablegten. Viele Leute, jung und alt, ließen ihre Angelschnüre von der Ufermauer herabhängen. Auf dem Rasen im Park saßen kleine Familien mit ihren Kindern beim Picknick. Besonders an windstillen sonnigen Nachmittagen war das ein friedlicher Anblick, bei dem einem warm ums Herz wurde. Auf dem Meer tanzten kleine Lichttupfer, und auch die Stimmen der Möwen klangen jedesmal weicher, wenn er hierher kam. Die Schar der Hochhäuser in der City gegenüber verschwamm im Dunst. Mitunter konnte man vergessen, daß es Stahlbetonkonstruktionen waren.

Mitten unter diesen Menschen beobachtete Shozo die zitternden Angelposen und lauschte dem Lachen der kleinen Kinder, die über den Rasen tapsten. Das entspannte ihn sehr, aber erst in der Abenddämmerung lebte er richtig auf, wenn die Leute allmählich verschwanden, die Konturen der Hochhäuser am anderen Ufer mit aufkommendem Wind an Schärfe gewannen, wenn die künstliche Insel mit ihrer breiten, geraden Straße und den Reihen der Lagerhäuser das Rauhe des Betons und die fast stechende Leere preisgab. Dann widersetzte sich auch das Wasser mit derselben schwarzblauen Härte wie die Asphaltstraße kühl dem Blick.

Er kam nicht unbedingt hierher, weil er hoffte, die Motorradfahrerin wiederzusehen. Aber wenn er so allein in der Totenstille der Dämmerung stand, dann wurde ihm, als könne sie jeden Moment von fern herangebraust kommen. Mit ihrem großen, silbrigen Motorrad, ganz in Schwarz. Er sah sie nicht aus Tsukiji über die Kachidoki-Brücke und die Insel Tsukishima kommen, ebensowenig aus Richtung Unterstadt, von Kiba über die Toyosu- und Harumi-Brücke. Es schien ihm vielmehr, als käme sie ganz plötzlich hinter dem grauen Dombau vorn an der Straße hervor, durch den neulich die Kinder bei ihrem Treffen geschwebt waren. Natürlich war sie älter, aber ihm erschien sie wie eines der kostümierten Kinder, das nach draußen gelaufen war . . .

Die Kinder waren seit dem letzten Mal allerdings nicht wieder zusammengekommen, und der graue Bau gähnte meist vor Leere. Shozo erwartete zwar unterschwellig immer, daß die Motorradfahrerin plötzlich auftauche, aber leibhaftig zeigte sie sich nicht. Er sei eigentlich nicht ihretwegen gekommen, sagte er sich, und war doch so enttäuscht, wenn er allein wieder in den Bus stieg, dessen klare, gelbe Scheinwerfer die Dunkelheit zerteilten, als hätte sie eine Verabredung nicht eingehalten.

Als er sich nun mit anderen Augen die Landkarte der Bezirke an der Tokyo-Bucht wieder vornahm, staunte Shozo, wie sehr sich das aufgeschüttete Land in der

Bucht inzwischen ausgedehnt hatte. Viel mehr als erwartet. Die Gegend von Harumi war nur der Anfang. Dabei hatte man das Gefühl, schon mittendrin zu sein, wenn man vom Kai dort über das Wasser auf die City hinüberschaute.

Er glaubte, durch seine Arbeit die Tokyoter Stadtteile genau zu kennen, nicht nur das auf den Karten verzeichnete Standortgefüge, sondern auch die präzise Höhenlage der Grundstücke, deren Bodenqualität und Entwässerung. Dagegen war ihm die Tokyo-Bucht ein vollkommen blinder Fleck geblieben.

Fuhr man mit den Augen über den Stadtplan von ganz Tokyo und bezog die Bucht mit ein, dann fiel auf, wieviel Raum sie beanspruchte, wie nah sie der City kam. Von der Bevölkerungsverteilung her mußte das Stadtzentrum ein Stück westlich von Shinjuku liegen. Doch wenn man nur die vom Tamagawa- und Arakawa-Fluß eingekeilten alten Stadtteile um den Kaiserpalast betrachtete, bestand es fast zu einem Viertel aus Wasserfläche. Als hätte plötzlich eine Kraft diese ungenutzte Fläche aufzufüllen begonnen, so war das Neuland in die Breite gegangen. Shozo schien es, als sei eine unsichtbare, gewaltige Kraft in Bewegung, die sich nicht bloß damit erklären ließ, daß der Müllausstoß der Metropole zugenommen hatte.

Eine an Tokyo arbeitende „Kraft"! Mystifizierendes oder spiritistisches Gerede und Denken waren Shozo eigentlich fremd. Solche Vorstellungen erweckten nur seinen Widerwillen. Aber wenn er komprimiert in Minuten vorbeiziehen ließ, was mit Tokyo in den letzten vierzig Jahren passiert war ... In den rotbraunen Brandruinen zuerst überall Baracken, aus denen schon bald Häuser wurden, die die alten Viertel zusehends unter sich begruben und nach und nach bis an die Stadtränder vordrangen, während im Zentrum Hochhäuser aufwuchsen, Autobahnen und U-Bahn-Netz entstanden . . . Dann schien ihm doch eine Kraft am Werke, die über jegliches Verständnis hinausging. Er mußte an Massen klebriger Pilze denken, die sich unter der Erde zu einem einzigen lebenden Körper zusammenfügten, um in die Höhe zu schießen, Stiele zu bekommen und ihre Köpfe zu recken.

War es die Kraft der Natur an sich, einschließlich des Anorganischen, ohne Willen, ja sogar ohne Leben? Shozo hatte angenommen, bei diesem Wandel Tokyos bewußt mitgemacht zu haben, und jetzt spürte er doch eine große Kraft, die sein so kleines Selbst überstieg.

Nein, das nicht, auch er war Teil dieser Kraft, sie hatte durch ihn, in ihm gearbeitet, arbeitete jetzt noch, rumorte. Bei diesem vagen Gefühl begann er sich vorzukommen wie ein gänzlich anderer, fern von seinem bisherigen Selbstverständnis, er selbst und doch nicht er selbst, in gewisser Weise wirklich wie ein unbekannter Fremder. Sicher lockt mich dieselbe Kraft auf das Neuland, die auch Tokyo dazu treibt, die abgeschnittene, an die Bucht verlorene Fläche aufzuschütten. Es war eine unheimliche Ahnung, ganz ungewohnt.

Beim Betrachten des Stadtplans entdeckte er, daß es eine Buslinie gab, die von Shinagawa quer über das aufgeschüttete Land in den Koto-Bezirk führte.

Am Sonntagnachmittag dann hielt Shozo nichts zu Hause, obwohl es bewölkt war und jeden Augenblick anfangen konnte zu regnen. Er mußte zu dieser Buslinie.

Bis Shinagawa fuhr er mit dem Taxi. Dort konnte er die Bushaltestelle nicht finden, und so fragte er einige Leute. Seine Stimme war sonderbar leise und schüchtern. Dabei erkundigte er sich doch nicht nach dem Weg in eine verrufene Gegend. Vielleicht war er verlegen, weil ihm klar wurde, daß diese Spontaneität irgendwie nicht ganz zu seinem Alter paßte. Aber war es denn falsch, den Regungen seines Herzens einfach zu folgen?

Die Haltestelle lag an der Ecke eines schmutzigen, unbebauten Platzes. Dort warteten nur zwei Mädchen, wahrscheinlich Oberschülerinnen. Schon bald kam ein Bus älteren Baujahrs. Als er gerade losfahren wollte, stiegen noch einige Männer ein, die sich breit machten und sich über den Gang hinweg laut über Pferderennen zu unterhalten begannen.

Unmerklich war der Bus angefahren. Sie kamen durch ein Fabrikgelände. Lange Mauern und Lagerhäuser – stumpfgrau wie der Himmel mit seinen niedrig hängenden Wolken. Das herausfordernd laute Gerede der Männer und ihr betont rauhes Lachen, das war eine andere Welt, anders als die U-Bahn im Stadtzentrum, mit der Shozo immer fuhr. Auf der breiten Straße kaum Menschen. Nur diese großen Lagerhäuser, düster und verlassen, ausdruckslos. Am Ufer eines schwarzen stockenden Kanals lag ein faulender alter Holzkahn angebunden. Beim Unterfahren der Autobahn konnte er im Beton der Pfeiler deutlich Risse und Flecken erkennen.

Als sie über eine Brücke auf das Neuland kamen, sah er den Rumpf eines Düsenflugzeugs, das über einer nagelneuen Hochhaussiedlung zur Landung auf dem Flughafen Tokyo-Haneda ansetzte, aber hören konnte er es nicht. Die von der Rennbahn heimfahrenden Männer waren inzwischen ausgestiegen. Shozo blieb allein im Bus mit den Mädchen, die schweigend in einer Ecke nebeneinander saßen.

Wieder eine breite Straße. Für einen Sonntag waren ziemlich viele Lastwagen unterwegs. Er wußte, daß das die Bucht-Autobahn war, aber als sie dann wirklich durch den Tunnel mit seiner rötlich-gelben Beleuchtung fuhren, konnte er kaum glauben, unter der Tokyo-Bucht zu sein. Tokyo streckte seine Fühler bis auf den Grund des Meeres aus. Die Gegend von Tsukishima und Harumi zeigte sich schon nicht mehr als Landaufschüttung im Meer, da waren nur Seen aus eingeschlossenem Meereswasser oder riesige Kanäle.

Als sie aus dem Tunnel heraus waren, verließ der Bus die Autobahn und bog ab. Bäume an beiden Seiten der Straße. Darunter wucherte Unkraut. Die Erde war weißlich. Man erkannte sofort, daß sie von anderswo herangeschafft worden war. Aber ansonsten unterschied sich die künstliche Insel kaum von den Parzellen am Stadtrand, für die man alle Hügel einebnete.

Dann tauchte das „Schiffsmuseum" – ein Dampfer aus Beton – direkt vor ihnen auf, und sie überquerten eine kleine Brücke. Eine weite Fläche lag vor ihnen. Ziemlich groß, denn eine gerade Straße schien sie bis ins Unendliche zu durchziehen. An den Seiten standen keine Bäume. Soweit man sehen konnte, eine Heide von Unkraut, auf der noch das winterliche Gelbbraun vertrockneten Grases überwog. Es ging Shozo nahe: Das hier war wirkliches Neuland.

Der Bus wollte jetzt zum „Schiffsmuseum" abbiegen. Da war ein Haltestellenschild. Shozo drückte plötzlich den Halteknopf und stieg aus. Weit und breit kein Mensch. In einem Graben stand bleigraues Wasser.

Er ging über eine Brücke. Die niedrigen, reglosen Wolken und der Asphalt zu seinen Füßen hatten dieselbe

Farbe. Straße und Heide waren noch öder, als sich vom Busfenster aus erkennen ließ. Er drehte sich um: Nur der große weiße Bau des „Schiffsmuseums" schwebte in dem weiten, leeren Raum, wie eine tote Seele. Die Umrisse der Tokyoter Hochhäuser hatten sich hinter grauen Wolken aufgelöst. Und die riesigen Brückenkräne am Oi-Kai glichen einer Reihe von Giraffenskeletten, die am Horizont der Träume im Stehen gestorben waren.

Erst vor kurzem hatte er erlebt, wie die menschenleere Weite des Asphalts am Harumi-Kai die Haut der Seele aufrauhte, aber verglichen mit diesem Stück Land kam dort noch ein Geruch von Stadt über die schmale Wasserfläche herübergezogen. Wenn der Wind richtig stand, konnte man dort auch das Geraune Tokyos hören.

Hier herrschte richtiggehende Wildnis. Aber die hatte nicht, wie die echte, den Geruch von Tausenden von Jahren, nicht die Schwerkraft der Erde. Waren es zehn Jahre seit der Entstehung dieses künstlichen Bodens? Oder zwanzig?

Shozo verließ die Straße und tauchte ein in die Leere. An manchen Stellen stand welkes Schilfgras mit schmalen, spröden Blättern, höher als er, und ein Stück weiter drängten Drähte, Plastiktütenfetzen und ein Stück rötlichen Kimonostoffes aus dem kahlen, rissigen Boden. Der Kleiderzipfel und das andere Zeug waren schmutzig, aber vermoderten anscheinend nicht. Sie rührten geradezu eine Empfindung von Frische in ihm auf. Die kam sexuellen Gefühlen ganz nahe. Shozo war verblüfft. Seit dem Tod seiner Frau hatte er gedacht, so etwas sei ihm fern.

Er ging eigentlich des öfteren dienstlich in einen der Klubs in der Ginza. Aber egal, wie jung und wie sinnlich die Frauen waren, die sich dort neben ihn setzten und nahe heranrückten, er hatte seit Jahren keine sexuelle Erregung mehr empfunden; auch nicht, wenn er durch ein Vergnügungsviertel voller aufreizender Neonlichter und Reklamen lief. Daß er diese Erregung nun am Rande des vollkommen ausgestorbenen Neulands fühlte ... Das Kleid einer Frau, von dem nur ein Zipfelchen aus dem Boden lugte, stachelte seine Lust stärker auf als ein nackter Frauenkörper. Um so heftiger, je mehr er das Anorganische des bleichen, trockenen Bodens spürte.

Shozo hatte sich von Jugend an nie Hals über Kopf in eine Frau verliebt. Als Student, zur Zeit der Brandruinen, hatte er genug damit zu tun gehabt, zu studieren und nebenbei noch Geld zu verdienen. Seine Ehe war dann eine ganz gewöhnliche Vermittlungsheirat, die auf Empfehlung eines Vorgesetzten seiner Firma zustandekam. Von Beziehungen zu Prostituierten schreckten ihn die Krankheiten ab. Ich habe eigentlich immer nur gearbeitet, obwohl ich an Karriere gar nicht besonders interessiert war, dachte Shozo, während er quer über das vertrocknete Feld lief.

Das freie Gelände, das von der Straße flach ausgesehen hatte, erwies sich jetzt als ziemlich hügelig. Je nachdem, welcher Müll zur Landaufschüttung verwendet worden war, ergaben sich anscheinend von selbst Unterschiede in der Bodensenkung. Auf diesem unregelmäßigen hügeligen Untergrund kam er nur schlecht voran, obwohl er lief und lief. Wo war die Heide zu Ende? Das hohe, welke Gestrüpp nahm ihm die Sicht. Vielleicht ging er immer im Kreis. Aber er fühlte angenehm, wie sich beim Wandern über dieses wüste künstliche Land nun etwas in ihm löste. Fast stechend angenehm.

Sonnenschein oder freundlicher Wind wären auf andere Weise angenehm gewesen. In der windlosen, schwer lastenden Stille unter diesen niedrigen, dicken, fast bedrängenden Wolken kehrten sich seine Gefühle nach innen. Zusätzlich verdichtet durch die trübe Atmosphäre der Gegend ringsum.

Shozo war, abgesehen von Dienstreisen, von sich aus nie groß weggefahren, nur einmal, da war er Mitte Dreißig, wollte er auf dem Heimweg von einer Dienstreise nach Kyoto plötzlich hoch bis zur Noto-Halbinsel. Er stieg in Kanazawa um und fuhr bis nach Wajima. Wajima war nicht das, was er sich vorgestellt hatte, und so machte er sich enttäuscht auf den Rückweg nach Kanazawa. Unterwegs allerdings, vor einem kleinen Bahnhof, dessen Namen er nicht einmal kannte, meinte er das Rauschen des Meeres zu hören und stieg einfach aus. Es war Herbst und schon zeitig dunkel. Außer einer kleinen Reisetasche hatte er kein Gepäck bei sich. So verließ er gleich den Bahnhof und lief wie besessen quer durch die dunkle Stadt geradewegs auf das Wellenrauschen und den Meeresgeruch zu.

Er tastete sich einen Pfad durch eine Kiefernschonung entlang, und plötzlich lag das Meer vor ihm. Am Strand konnte er kaum stehen in der Gischt der rauhen Wellen, dem starken Wind und den hochwirbelnden Sandkörnchen. Dort allein an diesem stürmischen, spätherbstlichen Abend drang aus der Tiefe seines auskühlenden Körpers eine fremde, wilde Kraft . . . Sie hatte etwas ungeahnt Starkes, Sexuelles, Gewaltsames an sich. Er atmete schwer. Wäre jetzt auf diesem Feldweg zurück zur Stadt eine Frau vorbeigekommen, Mädchen oder Greisin, er hätte sie auf der Stelle zu Boden gerissen. Zum Glück liefen aber in dem Provinzstädtchen abends keine Frauen allein herum. Dieses Gefühl der Besessenheit in jenem Moment vor zwanzig Jahren – bisher im Vergessen begraben – kam nun wieder hoch.

Damals, am Meer, in einer völlig fremden Gegend, am Rande seiner Einsamkeit, allein in einer Welt aus schwarzen Wogen, Wind, Dunkelheit und peitschendem Sand, war ihm plötzlich, als wäre er nicht mehr er selbst, als hätte etwas von ihm Besitz ergriffen . . . Tatsächlich hatte er wie nie zuvor sich selbst erfahren, als eine rätselhafte, heiße, weiche Masse, die sich mit heftig zitternden, unsichtbaren Fühlern wand. In jenem unerklärlichen Lebewesen, von keinem Spiegel und keinem Foto je wiederzugeben, hatte er sein wahres Selbst gespürt. Dieses Ich (Shozo sah an sich herunter, auf seine Arme, den Leib, die Hosen und die schmutzigen Schuhe) war nichts weiter als eine dürftige Projektion in die dreidimensionale Welt.

Plötzlich spürte Shozo in unmittelbarer Nähe eine langsame Bewegung und hob den Kopf. Er war mitten im Schilf. Weit und breit welkes Schilf, so hoch wie er. Darin zeigte sich mit einem Mal ein riesiger, schwärzlicher Schatten, der sich gemächlich bewegte. Aber es war nichts zu hören.

Mit angehaltenem Atem verfolgte er das Phantom. Er brauchte eine Weile, um zu erkennen, daß das ein Schiff war. Ein verdammt großes Schiff mit einem rostigen Rumpf. Fast überall blätterte Farbe ab. Kabine und Schornstein befanden sich weit hinten am Heck, wie rangesteckt. Aber wie war so ein großes Schiff mitten in dieses Schilfdickicht gekommen? Bis eben war doch überhaupt nichts zu sehen gewesen.

Er hielt es, wenn nicht für eine Vision, so wenigstens für eine Fata Morgana. Shozo bahnte sich einen Weg durch das Schilfdickicht auf den näherrückenden, riesigen Schatten zu. Er verstand nicht, was vorging, aber es schien ihm nicht unnatürlich. Hier mußte man irgendwie mit allem rechnen, fühlte er stark. Ihm war angenehm schwindlig.

Shozo kämpfte sich durch das hohe, welke Schilfgras. Er blickte hoch dabei, aber kein Baum, kein Haus bot Orientierung. Beinahe wäre er ins Meer gestürzt. Ganz unvermittelt war das Neuland zu Ende. Shozo stand am Ufer: Ein Frachtschiff fuhr langsam vorbei. Selbst als es schon bald leise abzog, blieb in Shozo noch das eigenartige, intensive Gefühl, ein schwarzes Schiff sei lautlos über die verschilfte Ödnis geglitten. Das Schiff dort auf dem tief bleiernen Wasser sah unwirklicher aus. Unwirklich auch die Düsenflugzeuge, die kurz hintereinander zur Landung in Haneda ansetzten.

4

Seit kurzem merkte Shozo, daß er sonntags ein anderer wurde. Aber mit der Zeit bekam er das Gefühl, wirklich er selbst zu sein, wenn er über das Neuland schlenderte, und eher an den übrigen Tagen ein anderer.

Das hieß nicht, daß er von montags bis freitags seine Arbeit in der Firma vernachlässigte. (Jeder zweite Samstag war frei. Dann kümmerte er sich um seinen Haushalt, machte sauber, kaufte ein und entspannte sich abends, in ganz neutraler Stimmung, beim Fernsehen).

In der Firma ging es zum Glück nach einer vorübergehenden Flaute auch wieder langsam aufwärts. Shozo, der nie mit Gewalt auf Karriere aus gewesen war, gehörte zu keiner der firmeninternen Fraktionen und hatte im Prinzip keine Feinde. Man kannte ihn als einen ernsthaften Mann, der nicht gerade hervorstach, aber seine Arbeit zuverlässig erledigte. Auch wenn man nicht immer wußte, was er wirklich dachte, galt er nicht als Außenseiter.

Zwei-, dreimal in der Woche ging er weiter wie bisher mit Geschäftspartnern oder Kollegen trinken. Er wirkte jünger in letzter Zeit, meinte manche und konstatierten das mit einer gewissen Verwunderung. Denn normalerweise würden doch eher in mittleren Jahren verwitwete

Frauen munter, während Männer, plötzlich ohne ihre Frau, in sich zusammenfielen. Da sei doch bestimmt schon eine Neue im Spiel. Ein anderer Kollege warf dann ein: „Bei Shozo völlig ausgeschlossen. Der ist doch in seine Hochhäuser verliebt. Wenn er frei hat, sieht er sich Häuser an."

Da war noch immer etwas dran. Er verbrachte zwar seine Sonntage nicht mehr damit, Häuser in der Stadt anzuschauen, aber wenn er in der Woche dienstlich unterwegs war, nahmen ausgefallene Bauten, neue Bürohäuser seinen Blick nach wie vor gefangen. Es gab mehr und mehr innovative Arbeiten von jungen Architekten. Trotz der sicherlich harten Konkurrenz arbeiten sie unkonventionell und kühn, für sein Gefühl. Das zu sehen, machte ihm Spaß.

Nachdem er den Rest erledigt hatte, verließ Shozo wie immer nach neun Uhr abends die Firma. Durch das dunkle, fast unwirklich zur Ruhe gekommene Geschäftsviertel eilte er zur U-Bahn-Station. Da blieb sein Blick plötzlich an einem Schaufenster hängen, das gerade dekoriert wurde.

Es war einer jener High-sense-Läden für Mode und Schmuck, Designer-Möbel und Nippes, von denen hier seit einiger Zeit immer mehr auftauchten. Dieses Schaufenster aber wirkte wie ein kleines Panorama. In dem stillen nächtlichen Viertel, wo jetzt nur noch die Straßenlaternen brannten, war es als einziges hell erleuchtet. Doch nicht allein das Licht hatte Shozo plötzlich mit Macht angezogen. Die Dekoration war fast fertig. Einige Männer schlugen noch die letzten Nägel in die Wand und räumten Abfälle vom Boden auf. Die Dekoration, sie traf ihn tief in seinem Bewußtsein.

Es war eine Szene mit Schaufensterpuppen. Aber ohne kahlköpfige Objekte, wie eigenartigerweise neuerdings in Mode. Mit ihren Gesichtern, Haaren, Gliedern und selbst ihren Mienen sahen sie Menschen zum Verwechseln ähnlich. Eine kleine Puppenfamilie war in einem europäisch anmutenden Wohnzimmer arrangiert. Die Figuren trugen gewöhnliche Hauskleidung, auf den ersten Blick ganz unscheinbar, aber so raffiniert in den Farben, in deren Zusammenstellung und im Design, daß es sich nur um teure Importsachen handeln konnte.

Das Zimmer war viel kleiner als in Wirklichkeit, aber die wie beiläufig hingestellten Möbel, Requisiten und Schmuckgegenstände waren alle echt. Auf den Wänden und am Fußboden zeigten sich sogar leichte Flecken und Kratzer. Die Einrichtung kam nicht aus der Gegenwart, sondern hatte die dezente Eleganz von einst. Dieses Panorama präsentierte die Innenansicht eines Hauses im europäischen Stil der Vorkriegszeit, eine Atmosphäre, wie sie heute nur noch versteckt in den alten Vierteln Tokyos überdauerte. Doch wenn man genauer hinschaute, bot sich keine traute Welt.

Die Körper- und Blickrichtungen der Puppen – eines Ehepaars in mittleren Jahren, eines Großvaters und eines jungen Mädchens – waren völlig verschieden. Der alte Mann im Sessel hatte ein aufgeschlagenes Buch auf den Knien und betrachtete eine Ecke an der Decke. Die Eheleute saßen sich am Teetisch gegenüber und blickten dennoch aneinander vorbei, so daß ihr Lächeln geradezu unheimlich wirkte. Die Tochter schaute wie gebannt in einen golden eingefaßten Spiegel, der an der Wand über einem Vertiko mit feinen Perlmutteinlagen hing, aber – unklar, wie? – ihr Gesicht nicht wiedergab. Während sie ihr Haar zusammengebunden hatte und nur leicht geschminkt war, lachte im Spiegel ein Gesicht mit aufgelöstem Haar, kräftigem Lidschatten und einem knallrot angemalten, offenen Mund.

Außerdem sprang gerade ein Junge, anscheinend der kleine Bruder des Mädchens, durch das weit geöffnete Fenster des Zimmers hinaus. Mit vorgestrecktem Körper und Gesicht flog er, als springe er in ein Schwimmbekken, über das Dickicht der ominösen, tropischen Gartenpflanzen auf den Abendhimmel zu. Am violetten Firmament hing ein großer, runder Mond.

Jeder blieb in dieser Familie für sich. Unsichtbare Bande waren gerissen, Körperhaltungen, Mienen und Blicke erstarrt. Die eiskalte Ruhe, wie sie Puppen eigen ist, beherrschte das ganze Schaufenster. Und da sich diese Ruhe eigentlich von selbst herstellte, harmonisierte sie hervorragend mit den pompösen Möbelstücken und Einrichtungsgegenständen im Zimmer. Überdies verschmolz sie mit der Atmosphäre des ausgestorbenen, nächtlichen Geschäftsviertels – dem dicken Schaufensterglas, den Betonwänden der Häuser, dem leeren Pflaster, den Reihen erloschener Fenster.

Bei Tageslicht, in Menschentrubel und Straßenlärm, dachte er, ging es vielleicht als bloßes Kunstprodukt einfach unter. Jetzt jedoch durchdrang das kleine Panorama alles, das nächtliche Geschäftsviertel wie Shozos Seele. Die Aura dieser tiefen Ruhe war ihm unheimlich und dennoch vertraut. Beängstigend und zugleich angenehm, geradezu verlockend. Was für ein Mensch war das, der sich diese Szene ausgedacht hatte?

Die Männer waren inzwischen verschwunden. Eine Frau stand nun allein mitten in der Dekoration, rückte die

Puppen zurecht und zupfte an ihren Kostümen herum. Er konnte ihr Gesicht nicht sehen, nur ihren Rücken. Sie war groß und schlank und trug olivgrüne, weite Hosen, die zum Fußgelenk hin schmaler wurden, und eine Windjacke.

Die Frau bewegte sich eine Weile kaum, drehte nur gelegentlich den Kopf ein wenig, um sich prüfend umzusehen. Höchstwahrscheinlich hat sie diese Szene gestaltet, dachte er. Aber sie ließ weder das affektierte Flirren noch die Exzentrik spüren, die man bei Frauen dieser Branche gewöhnlich erwartet. So selbstversunken, wie sie da stand, wirkte sie fast wie eine von den Puppen.

Allmählich interessierte sich Shozo weniger für die Szene als für die Frau, die offenbar diese Szene gemacht hatte. Inwieweit sich bei solchen Arbeiten die Absichten des Auftraggebers oder aber die Intentionen des Gestalters durchsetzten, wußte er nicht, dafür jedoch, daß hier nicht bloß Originalität gewollt war, um die Augen der Kunden zu ködern. Hier brach etwas sehr Tiefes durch, nichts Intellektuelles oder Künstlerisches, eher ein ganz bedingungsloses menschliches Empfinden von Wirklichkeit. Vielleicht war etwas noch Tieferes im Spiel, das ihr selbst gar nicht bewußt wurde. Was war das für eine Frau, die mit solcher Sensitivität gestaltete . . .

Da ging die helle Schaufensterbeleuchtung zur Hälfte aus. Hinter der Dekoration schaute ein Mann hervor und sagte etwas. Die Frau antwortete und blickte dann abschließend noch einmal in Ruhe über die ganze Szene. Dabei bemerkte sie Shozo hinter der Scheibe, stutzte aber nicht.

Sie war viel jünger, als er von hinten vermutet hatte. Ihr kaum geschminktes, scharfgeschnittenes Gesicht sah furchtbar blaß aus. Sie schien nervlich schwach und so sensibel, als könne sie sich nur mit Müh und Not aufrechthalten.

Ihre Augen trafen sich. Stirnrunzelnd sah sie Shozo an, nicht tadelnd, aber streng. Um ihren scharfen Blick sanft abzufangen, versuchte er ein Lächeln. Dann nickte er ihr ein paar Mal zu und wies dabei mit dem Finger auf das Schaufenster.

Ein wenig schienen sich ihre verspannten Brauen zu lockern, aber ihre Miene blieb hart. Dann drehte sie sich um und verschwand aus der Dekoration.

Alle Lampen erloschen. Doch die Schaufensterpuppen blieben sitzen und lächelten weiter, eine schaute weiter in den Spiegel, eine andere sprang weiter in den Abendhimmel.

Das Bild der jungen Frau, die sich erhoben und nach ihm umgedreht hatte, als wäre sie auch nur eine Puppe, haftete Shozo noch tief in der Seele, als er schon im Gaststättenviertel am S-Bahnhof war. Hier brannten noch die Lichter.

5

Shozo merkte immer deutlicher, wie sich etwas veränderte.

Warum, konnte er nicht genau sagen. Er wollte von sich aus nichts ändern. Wenn es daran lag, daß er in seinen besten Jahren Witwer geworden und dadurch zu einem Junggesellendasein gezwungen war, hätte diese Wandlung eigentlich früher eintreten müssen. Aber nach dem Tod seiner Frau blieb alles beim alten. Er lebte weiter in der bisherigen Wohnung, fuhr wie gewohnt zur Firma, aß dasselbe wie immer und zog dasselbe an. Vielleicht ging er nun etwas häufiger aus zum Essen. Da sie keine Kinder hatten, war er aber auch schon mit seiner Frau mehrmals in der Woche ins Restaurant gegangen. Außerdem war er daran gewöhnt, selbst zu kochen. Denn als Student und später als Angestellter hatte er ziemlich lange allein gelebt, und damals gab es noch nicht so viele Restaurants und Imbißläden, wo man auf die Schnelle etwas Gutes essen konnte. Sogar nach seiner Heirat mit über dreißig stand er relativ oft in der Küche.

Als seine Frau gestorben war, bedauerten ihn manche Leute, aufrichtig mitfühlend, in der Annahme, er müsse nun vieles meistern, was sonst Frauensache war. Einsamkeit hatte er empfunden, aber beschwerlich erschien ihm sein Leben nicht.

Shozo überlegte. Seit er das Neuland betreten und sich unter die seltsamen Kinder in Harumi gemischt hatte, fing sein Leben plötzlich an, sich zu ändern. Nicht nur, daß es ihn an jedem freien Tag zur Tokyo-Bucht zog. Er begann farbige, wenn auch blasse Hemden zu tragen, beige, hellblaue oder gestreifte und nicht nur weiße wie bisher. Ein paar neue, leuchtend gemusterte Krawatten hatte er sich auch zugelegt. Und überdies kaufte er sich neuerdings ziemlich gehaltvolle Nahrungsmittel – Schnecken, verschiedene Sorten Käse, Rinderzunge und Lammfleisch. In der Nähe seiner Wohnung hatte kürzlich ein großer Supermarkt aufgemacht, der Importwaren führte.

Auch daß er viel mehr träumte, war neu. In seinem Alter wachte man wahrscheinlich sowieso leichter im Morgengrauen auf. Wenn er dann auf der Wohnzimmerliege saß und aus dem Fenster schaute, konnte er sehen, wie unten auf der Straße die Laternen nach einem letzten Aufflimmern eine nach der anderen erloschen. In dem diffusen Dämmerlicht zwischen den Zeiten, nicht mehr Nacht und noch nicht Morgen, liefen ihm dann ein paar eben erst geträumte Szenen noch einmal durch den Kopf, wie ein langsam zurückspulendes Video.

Er befindet sich zum Beispiel in einem alten, verfallenen Holzhaus. Ein kleines Plastikmodellflugzeug kommt hereingeschwirrt, ein Kampfbomber der US-Army aus dem Zweiten Weltkrieg. Es stößt auf die morsche Bretterwand und bleibt darin stecken. Die Wand fängt Feuer, und das rötliche Gelb der Flammen greift langsam auf die Decke über. Dieses Flammenrot flackerte plötzlich unten über der dämmrigen, leeren Straße.

In solchen Momenten, wenn mattweißes Licht durch das Fenster fiel, hatten die auf dem Tisch herumliegenden kleinen Dinge eine seltsame Leichtigkeit, weder eingebildet noch wirklich. Sein Feuerzeug, die Lupe und sein Schlüsselbund sahen dann wunderschön aus.

In der letzten Phase des Krieges war Shozo noch Mittelschüler gewesen, als der Kamikaze, der angebliche „Götterwind" ausblieb. Seitdem hatte er eine Abneigung gegen alles Göttliche. Er lehnte jeglichen Aberglauben ab, aber auch jede echte Religiosität. Ihm war klar geworden, daß dieser Argwohn gegenüber Doppeldeutigkeiten und Unbestimmtheiten seine Liebe zu den Hochhäusern mit ihren scharfen Ecken und präzise sich kreuzenden Geraden zumindest begünstigte. Ganz verstand er sie ja selbst nicht.

Desto verwunderter stellte er fest, daß ihm die rein zufälligen Erlebnisse der letzten Zeit gar nicht so unsinnig vorkamen. Und seine Skepsis rührte sich nicht. Auch nicht, als in der Firma ein Schulfreund anrief, der in der Bucht-Behörde der Stadtverwaltung arbeitete.

Shozo hatte schon lange nicht mehr mit ihm telefoniert und überhaupt nicht an ihn gedacht, auch nicht in den letzten Wochen, in denen er so oft zur Tokyo-Bucht hinausgefahren war. Ihm war, als hätte jemand diesen Freund herbeigerufen, obwohl es nur um die Einladung zu einem Klassentreffen ging.

Nachdem sie eine Weile über gemeinsame Freunde geredet hatten, fragte Shozo unvermittelt, wo denn momentan in der Tokyo-Bucht der Müll abgeladen werde.

„Wieso interessiert dich das?" Sein Freund war etwas erstaunt. „Willst du da etwa ein Haus hinsetzen?"

„Nein, das interessiert mich nur so, ganz persönlich."

„Seit wann interessierst du dich denn für Müll?" entgegnete sein Freund lachend. Dann teilte er mit:

„Also, im Moment hinter dem Neuland Nr. 13. Richtig heißt das eigentlich „Neuland an der Außenseite der Mittelmole"."

„Das Neuland Nr. 13 . . .?"

„Ja, wo das Schiffsmuseum ist. Noch ein Stück weiter draußen."

„Meinst du etwa diese unglaublich weite Fläche? Da war ich neulich mal an einem Sonntag, mit dem Bus."

„Was hat dich denn dahin verschlagen? Seit wann treibst du dich auf dem Neuland rum?"

„Ich weiß auch nicht, seit kurzem zieht's mich immer wieder dorthin. Das Neuland lockt mich einfach an. Irgendwie kommen da Erinnerungen an meine Kindheit hoch, an die Brandruinen. Es ist mir einfach vertraut, als kehrte ich in meine Heimat zurück."

„Brandruinen heute, das ist doch verrückt!"

„Ja, ich weiß. Aber ich habe in letzter Zeit das komische Gefühl, ich müßte zum Ausgangspunkt zurück. Dreißig Jahre haben wir hart gearbeitet, ohne uns umzudrehen. Ich frage mich, wer wir eigentlich mal waren."

„Das macht das Alter."

„Kann sein. Aber ich glaube nicht, daß das nur so eine nostalgische Anwandlung ist. Wir zwängen Häuser auf die schmalsten und trotzdem irrsinnig teuren Grundstücke. Da bewegt einen eben so eine weite, leere Fläche. Man stellt sich unwillkürlich vor, was für Viertel man da hinbauen könnte. Sicher gar nicht meine Art, aber mich überkommen da Visionen. Naja, vielleicht nicht gerade Visionen. Ich habe einfach das Gefühl, in einer anderen

Welt zu sein. Wie in einer Wüste, obwohl ich eigentlich gar nicht weiß, wie man sich da fühlt. Ich merke irgendwie, daß ich dort ein anderer werde."

Shozo staunte selbst, daß es so aus ihm heraussprudelte.

„Aha. Also, ich soll dich da mal rumführen?"

„Nein, ist gut gemeint, aber ich laufe lieber allein durch die Gegend. Übrigens, kann man auch dahin, wo jetzt der Müll abgeladen wird?"

„Unmöglich. Betreten verboten."

„Hilfst du mir, dorthin zu kommen? Sei so gut!"

„Für den Müll ist eigentlich die Stadtreinigungsbehörde zuständig, aber ich spreche mit denen."

Während des Gesprächs kam es Shozo so vor, als würde ein fremder Wille, eine höhere Kraft ihn dorthin führen. Eigenartig diese Vorstellung.

An einem sonnigen Samstagnachmittag fuhr Shozo mit dem Taxi die Straße des Neulands Nr. 13 hinunter bis zum Eingang des Meeresgrund-Tunnels, der zu den Aufschüttungen an der Innenseite der Mittelmole führte. Eine Lüftungsanlage ragte gigantisch auf, genau wie am Meerestunnel der Bucht-Autobahn, den der Bus aus Shinagawa durchquerte.

Ein Beamter in Arbeitskleidung und gelbem Schutzhelm kam wie verabredet aus dem Tunnel, um ihn abzuholen. Shozo stieg in den Jeep, und dann fuhren sie in den Tunnel hinein. Blaue Mülltransporter donnerten an ihnen vorbei. Das Stadtzentrum lag nur einen Katzensprung entfernt, aber Shozo war so aufgeregt, als ginge es an einen weit abgelegenen, geheimnisvollen Ort.

Unterwegs erläuterte der Beamte, daß der normale

Rohmüll mittlerweile erst in den Anlagen der einzelnen Tokyoter Bezirke verbrannt und dann als Asche angeliefert werde. Nur der nichtbrennbare und der Sperrmüll kämen direkt hierher.

Als sie den Tunnel verließen, erhob sich links ein Hügel aus grober Erde, fast wie ein Berg.

„Ist das alles Müll?" fragte Shozo ungläubig. Der Beamte teilte sachlich mit:

„Müll und Erde werden wie bei einem Sandwich in mehreren Schichten übereinander gelagert. Jetzt ist es noch ziemlich hoch, aber mit der Zeit senkt sich das Material."

„Von selbst?"

„Ja, von selbst."

Der Hügel zog sich weit hin. Auf seiner flachen Kuppe ebneten einige Bulldozer Müll ein. Hier und da ragten Rohre heraus, wahrscheinlich Entlüftungsschächte.

„Damit das Methangas abziehen kann, das sich im Innern ansammelt. Bitte nicht rauchen! Ist hier gefährlich."

Über den bereits planierten Flächen schwärmten unzählige Möwen, auch ein paar Krähen. Das weiße und schwarze Gefieder glitzerte in der Sonne. Die Menschen schienen ihnen nichts auszumachen. Erst wenn man ihnen zu nahe kam, suchten sie das Weite. Sie sahen ziemlich fett aus.

Jenseits des schon fertigen Neulands mit seinen Kais und Gastanks und dem in der Sonne blinkenden Meer waren weit entfernt im Smog-Schleier die Hochhäuser des Stadtzentrums zu sehen.

Der Müllberg, den Tokyo auswarf, wurde zum Boden für ein neues Tokyo. Shozo erschien das wie ein unsichtbar fließender, gewaltiger Kreislauf. Natürlich von Menschen ausgedacht, geplant und in Gang gesetzt, doch angetrieben von einer größeren Kraft, die hinter all dem floß. Fauliger Gestank lag ringsum in der Luft, durchsetzt von Meeresgeruch. Im Innern der Hügel schäumte glucksend das Methangas. Er spürte, wie der Boden unter seinen Füßen schon jetzt langsam absank. Und das Pulsieren, den Atem, die Körpertemperatur von Tokyo, das von allein das Vakuum der Bucht auffüllte . . .

Im Jeep fuhren sie weiter bis an die Außenseite der Mittelmole. Dort hatte man mit der Aufschüttung erst begonnen. Betonmauern umschlossen eine riesige Wasserfläche, größer als die ganze Insel Tsukishima. Vom Rand aus wurde Müll hineingekippt.

Der meiste Müll, der auf dem Wasser trieb, steckte in weißen Plastiktüten. Nicht zu glauben, daß Plastiktüten so frisch in der Sonne funkeln können. Eigentlich doch schmutzig, schimmerten sie wie mit Silber- oder Aluminiumstaub bestreut, blitzten auf in dem gleißenden Licht. Dazwischen viele blaue und ein paar schwarze Tüten. Alles glänzte und glitzerte so, daß Shozo dachte, so etwas Prachtvolles habe er noch nie gesehen. Wie kann ein Müllentladeplatz nur so schön sein? Es war ihm unbegreiflich.

Vom Rand des Zufahrtsweges an der Betonmauer schaute er hinunter auf die Plastiktüten, die sich wie ein Berg auf dem Wasser türmten. Die verschiedensten Dinge quollen aus ihnen hervor. Eine Handtasche mit abgerissenem Riemen, ein angerostetes, zerfetztes Metallgitter zum Fischgrillen, ein Aktfoto aus einem Wochenmagazin, im Bündel weggeworfene Flugblätter der Frühjahrsoffensive (so etwas gehörte eigentlich in die Beutel für brennbaren Müll), ein Wecker ohne Zeiger, eine löchrige Strumpfhose, ein schwarz eingebundenes Notizbuch, ein Packen Spaghetti und ein einzelner roter Kindersportschuh . . .

Der ganze Abfall hatte eine intensive Aura von Dasein, roch stark nach Leben. Im Regal eines Kaufhauses oder Ladens hätten diese Dinge überhaupt nichts Besonderes an sich gehabt, jetzt aber glänzten sie wie gerade erst gehobenes, hochwertiges Erz. Ein jedes äußerte seine Existenz, erzählte seine Geschichte. Der Grillrost ließ eine Küche, den Rauch brutzelnder Makrelenhechte und die Gesichter einer Familie beim Abendessen aufsteigen. Dem Wecker hafteten die Verschlafenheit am frühen Morgen, die Kälte des Wassers in der Waschschüssel und die Szenerie der vollen Bahn im Berufsverkehr an. Der einzelne rote Kinderschuh rief das Lächeln des Mädchens herauf, als die Mutter ihm die Schuhe kaufte, den Estrich am Hauseingang, das Seilspringen in den Gassen.

Diese Atmosphäre, fast zum Ersticken, traf Shozo völlig unvorbereitet. Kaputt, zerbrochen, fortgeworfen, waren die Dinge zu neuem Leben erwacht. Das schier endlose Durcheinander der Abfälle hätte ein Zeichen für den Sieg des Entropie-Gesetzes sein können. Aber sie zeigten alle weder Nichtigkeit noch Verfall sondern eher etwas Starkes, Heftiges. Man konnte geradezu sehen, wie sich die sonst verborgenen Eingeweide Tokyos unbefangen dem Licht preisgaben, die Eingeweide einer Stadt, deren Straßen immer menschenleerer und deren Luft immer dünner wurde, je weiter sie urbanisierte und in die Höhe schoß.

„Ist irgendwas?“ fragte der Beamte besorgt. Shozo hatte ziemlich lange stumm in den Müll gestarrt.

„Nein, alles in Ordnung. Ich verstehe nur nicht, warum

der Müll so lebendig aussieht ...", stammelte er. Sein Begleiter lachte. Er hielt sich die Hand vor Augen, um sich gegen die blendende Sonne zu schützen.

„Wie lange kann es hier noch weitergehen? Ist ja bald randvoll. Ich weiß nicht, wo wir dann noch den Müll hinschütten sollen."

Das war wohl das Problem. Tokyo dehnte sich aus (nun in die Vertikale, denn in der Horizontalen stieß es schon an seine Grenzen), die Berge von Waren wuchsen (von solchen ohne Glanz und Schatten von Geschichten), der Abfall nahm zu (und zu Abfall wurde auch, was noch brauchbar oder nie gebraucht war) und erwachte hier zwischen Wasser und Licht wieder zum Leben (dieses fast dröhnende Funkeln der Plastiktüten und die murmelnden Geräusche des Mülls).

Immer weiter würde der Abfall auf dem Boden verteilt und mit Bulldozern eingeebnet werden, würde absinken, sich zersetzen, verwesen. Neuer Boden würde so entstehen und Tokyo weiter wachsen.

Und immer aufs neue würde der Warenstrom überquellen, der Abfallberg anwachsen, für einen Moment wieder zum Leben erwachen und funkeln, um wieder abzusinken, sich zu zersetzen, zu verwesen ...

Tokyo lebt. Nein, was wir heute provisorisch Tokyo nennen, ist doch ein Gebilde, das sich durch den unermüdlichen Ausstoß von Abfällen, Abgasen, Abwässern, Wärme, von elektrischen Wellen, Geräuschen und Geschwätz aufrechterhält, das pulsiert, atmet und wächst, dachte Shozo. Noch einmal erschien vor seinem inneren Auge der Anblick der fernen, smogverhangenen Stadt, der sich vorhin von der Kuppe des Müllhügels aus geboten hatte. Ein unsichtbarer, gewaltiger Kreislaufmechanismus. Den hat niemand geschaffen, und niemand hält ihn in Gang. Die soliden, kühlen Hochhäuser und die massiven Hochstraßen sind sein Werk. Er läßt sie aufwachsen, atmen, keuchen, beben, groß und rissig werden.

Bei einem starken Durchfall hat man das Gefühl, der Bauch bewege sich von allein. Genau so schien Shozo alles um ihn und in ihm bedenklich zu rumoren. Er merkte, wie er sich allmählich in sich selbst verdrehte. Ob ich auch Licht und Schatten bekomme und meine Geschichte preisgebe, wenn ich total überdreht auf dem Müll gelandet bin?

„Wir haben auch noch eine Anlage zur Sperrmüllentsorgung, möchten Sie die sehen?"

„Ja, gern", sagte Shozo knapp, aber nur um das freundliche Entgegenkommen nicht zu brüskieren, denn er war schon ziemlich erschöpft.

Die Anlage ähnelte einem kleinen Silo. Eine Drehachse im Turm zermalmte großformatige Abfälle, wie Sofas, Kühlschränke oder Betten, die auf einem Fließband herangeführt wurden. Sie gingen ins Innere. In einem Kontrollraum zeigten mehrere Monitore den Stand der Zertrümmerung im Turm. Der massive Großmüll wurde tadellos zerbrochen und zermalmt.

Shozos Blick streifte zerstreut die Bildschirme, doch plötzlich blieb er hängen. Inmitten von wirbelndem Staub und Splittern schwebte im Halbdunkel des Zertrümmerungsturms ein Kopf nach oben, bis er die ganze Bildfläche einnahm. Shozo sah gleich, daß es bloß der Kopf einer Schaufensterpuppe war. Er blieb auch nur einen winzigen Moment lang auf dem Bildschirm, dieser abgetrennte, kahle Schädel einer unverkennbar weiblichen Puppe, auf dem nur die Lippen rot leuchteten. Aber weil das Gesicht völlig unversehrt war, wirkte er wie echt.

Nicht, weil er wie ein Menschenkopf ausgesehen hätte. Die Puppe war eindeutig eine Puppe, aber wie beseelt. Ein lebloses Ding schien zu leben. Es war unheimlich. Er hatte das Gefühl, eine elementare Grenze sei ihm plötzlich abhanden gekommen. Noch unheimlicher, daß ihm dabei berauschend schwindlig wurde.

Das kam ihm bekannt vor. Die seltsam realistische Puppendekoration in jener Nacht in seinem Geschäftsviertel und die merkwürdige junge Frau, die das Schaufenster gestaltet hatte. Er hatte es also doch noch nicht vergessen.

Sie behandelt die Schaufensterpuppen wie Menschen und dadurch die Menschen wie Puppen, fiel ihm auf. Vor allem wahrscheinlich sich selbst.

Darin fühlte er sich ihr verwandt. Möglicherweise ist sie vom gleichen Holz wie ich? Mich faszinieren Hochhäuser, und wenn das krankhaft sein sollte, dann haben wir beide dieselbe Krankheit.

„Passiert so etwas öfter?" fragte Shozo, als sie zum Jeep zurückgingen.

„Was meinen Sie?" Der Beamte drehte sich um.

„Na, der Kopf von der Schaufensterpuppe, der da aus der Anlage hochkam . . ."

„Was für ein Kopf? Ich habe nichts gesehen", wunderte sich der Beamte.

Als sie aus dem Meerestunnel herauskamen, färbte die Abendsonne gerade das Neuland Nr. 13.

Shozo bedankte sich bei seinem Begleiter und lief dann die leere, ebene Straße hinunter zur Bushaltestelle in der Nähe des „Schiffsmuseums". Alles war in ein dunkles

Rot getaucht. Er war zwar körperlich erschöpft, aber seelisch aufgekratzt.

Links dehnte sich die Unkrautheide, auf der er neulich herumgewandert war. Damals hatte er gesehen, wie an einer Stelle Drahtenden und der Zipfel eines Frauenkimonos aus dem trockenen Boden hervortraten. Jetzt wußte er, wie dieses weite Land zustande kam, was darunter Schicht auf Schicht vergraben war.

In einer Tiefe von zehn, nein, fünfzehn Metern lagen die verschiedensten Dinge übereinander, getränkt mit den Geschichten ihrer Leben. Das ganze wüste, von Unkraut überwucherte Feld schien tief zu atmen. Sanft wellte sich der Asphalt der leeren Straße.

Auch in sich, aus den Tiefen seiner Seele spürte Shozo dunkle Lebenskraft aufsteigen.

Vor dem Abendhimmel wirkten die Silhouetten der Häuser von Tokyo unglaublich weit in die Ferne gerückt.

6

Die Abenddämmerung auf dem Neuland war wieder einmal unfaßbar schön. Besonders auf dieser Nr. 13, wo nichts weiter stand als eine Reihe flacher Lagerhäuser am Ostufer. Am Südrand, wo Shozo vor kurzem gewesen war, ragte einsam der Lüftungsturm des Meerestunnels in den Himmel. Jetzt war hier das weiteste und leerste Stück Neuland. Solange noch, wie sie mit den Aufschüttungen innerhalb und außerhalb der Mittelmole nicht fertig waren.

Kein Gebäude unterbrach das Abendlicht. Mattblauer Nebel senkte sich über das Grasland, das rasch tiefgrün geworden war. In der Abendsonne färbte es sich blaßrot, und schließlich hüllte es sich in eine fast violette Aura mit einem Anflug von Unwirklichkeit.

Shozo saß am Rand der holprigen Heide und schaute einer Gruppe von Motorradfahrern zu, die, vielleicht fünfzig Meter von ihm entfernt, die Straße entlangrasten. Wenn sie vorbeifuhren, machte es entsetzlichen Krach, aber sobald sie vorüber waren, verstummte allmählich ihr Gedröhne. Die Töne verloren sich in diesem Raum, wo nichts sie zurückwarf, wurden aufgesogen vom Nebel.

Es waren etwa ein Dutzend Motorradfahrer. Sie veranstalteten offenbar Wettrennen auf der leeren Straße. Alles große, starke Maschinen. Wenn sie im Pulk vorüberzogen, übertrugen sich die Bodenschwingungen bis zu ihm. Ein wahnsinniges Tempo. Bestimmt weit über hundert Stundenkilometer.

Als die Gruppe aufgetaucht war, hatte Shozo angestrengt versucht, seine Motorradfahrerin aus Harumi unter ihnen auszumachen. Aber sie sahen alle gleich aus in ihrer Kluft mit den großen Helmen. Man konnte nicht einmal Männer von Frauen unterscheiden. Sicher, auch die Frau in Harumi hatte eine rasante Geschwindigkeit gehabt, aber so verrückt wie die hier war sie nicht gerast. Und keine Frau, nicht einmal eine gute Fahrerin, würde so ein riskantes Tempo anschlagen. Außerdem konnte es nach seinem Eindruck auch gar nicht sein, daß sie zu so einer Bande von Halbstarken gehörte.

Sie ist nicht dabei, fand er enttäuscht. Langsam konnte er die jungen Leute verstehen, die hier ihre Maschinen voll ausfuhren. Anders als bei einem Auto spürten sie den Raum sicher ganz unmittelbar mit dem Körper. Einen so reinen Raum gab es in der Umgebung Tokyos wahrscheinlich auch nur hier. Ob sie in bestimmten Augenblicken mit ihm eins wurden? Ob sie spürten, daß er nicht einfach leer war, sondern geschmeidig bebte durch eine unsichtbare Kraft . . .

Trotzdem, es war gefährlich, was die machten, und mochte die Straße noch so breit sein. Sie rasten mit ihren schweren Maschinen im Pulk dahin, regelrecht ineinander verfangen. Wenn sich zwei von ihnen auch nur leicht streiften oder anstießen, gäbe es sofort eine Massenkarambolage, einen großen Schrotthaufen.

Wie ein schwarzer Wind, der über die Heide wehte,

tauchten sie plötzlich aus dem blaßvioletten Abenddunst auf, um gleich wieder zu entschwinden. Irgendwie unwirklich. Je dichter der Nebel, desto stärker dieser Eindruck. Es war eigenartig, wie sie immer wieder dieselbe Strecke hin- und herrasten.

Halb in Gedanken versunken, nahm Shozo es zuerst gar nicht richtig wahr, wie die Front der Motorräder ein Stück weiter vorn durcheinandergeriet, zwei am Rand von der Straße abhoben und durch die Luft flogen. In einem großen Bogen ganz langsam von der Straße in die Wiesen. Shozo sprang erschrocken auf und fand es seltsam, daß er urplötzlich so mitging.

Die eine Maschine war relativ nah an der Straße, die andere ziemlich weit in der Heide niedergegangen. Deren Fahrer stand jedoch erstaunlich schnell wieder auf, nachdem er sich ein paar Mal im Gras gerollt hatte. Er richtete seine Maschine auf, stieg auf und fuhr über die Wiese zur Straße zurück, um der Gruppe zu folgen, die schon aus dem Blickfeld verschwunden war.

Komisch, was es alles so gibt, dachte Shozo, ungläubig auf der Stelle tretend. Die anderen fahren einfach so weg? Sicher kommen sie gleich zurück, überlegte er. Aber es schien nicht so. Nicht das leiseste Gedröhne von fern.

Wenn es bei der einen Maschine so glimpflich abgegangen ist, dann wird dem anderen Fahrer, der ja nicht so weit geflogen ist, erst recht nichts passiert sein, dachte Shozo und rührte sich nicht. Aber der wollte nicht aufstehen. Immer noch tuckerte der Motor der umgekippten Maschine. Der Fahrer lag bäuchlings am Boden. Shozo rührte sich trotzdem nicht, denn er ging fest davon aus, die anderen kämen bestimmt zurück, wenn sie merkten, daß einer von ihnen nicht folgte.

Doch die anderen kamen nicht zurück. Der leerlaufende Motor röchelte weiter. Der Lenker ragte in die Luft. Auf den verchromten Teilen flimmerte die Abendsonne.

„Was machen die denn nur?" brummte Shozo und ging langsam näher. Der Fahrer lag reglos da. Er wird doch nicht tot sein?! Dabei sah es nicht so aus, als ob er blutete.

„He, alles in Ordnung?"

Aber der Fahrer reagierte nicht. So stupste Shozo ihm in den Rücken. Der Stoff der Kleidung war dick, faßte sich aber erschreckend weich an. Doch nicht etwa sie?!, durchzuckte es ihn plötzlich. Wie ein Alptraum.

Warum müssen sie auch so etwas Verrücktes machen. Er war verärgert. Auf einmal kam so etwas in seine ausgesprochen gute Abendstimmung hereingeplatzt!

Ein bißchen zu kräftig packte er die Schultern und drehte den Körper herum. Ihm war, als hörte er ein leises Stöhnen. Die Brust hob sich. Durch das Visier des Helms lugte er ins Innere, konnte aber so gut wie nichts sehen. Er zog einen Lederhandschuh herunter und berührte das Handgelenk. Das schmale Handgelenk einer Frau. Der Puls schlug. Noch einmal blickte er über den ganzen Körper: Bestimmt hatte sie Prellungen, Blut war von außen jedenfalls nicht zu sehen.

Er rüttelte an den Schultern, pochte an das Visier. Doch sie blieb ohnmächtig. Sie mußte mit dem Kopf hart auf den Boden geschlagen sein. Ob das gefährlich war trotz des dicken Helms, konnte Shozo nicht einschätzen.

Noch ein-, zweimal rüttelte er an den Schultern. Schlaff gab ihr Körper nach. Er spähte die Straße hinunter, aber dort war nichts zu sehen, weder Autos noch Menschen und schon gar nicht die anderen Motorräder. Nur der Abendnebel, der sich zusehends verdichtete.

Von violett zu tiefblau. Shozo stellte den Motor aus. Stille, durchsetzt von Meeresgeruch, senkte sich herab. Er kam sich vor wie mit einer Ertrunkenen allein auf dem Meeresgrund.

Ich müßte mir schnellstens etwas einfallen lassen, dachte er und wollte doch zugleich alles einfach nur so lassen. Die Chromteile des Motorrads glänzten fein, obwohl gar kein Licht mehr da war, das reflektiert werden konnte. Sanft hob sich ihre Brust in der schwarzen Windjacke. Ihr Gesicht schien nicht schmerzverzerrt, soweit er durch das Visier erkennen konnte. Schutzlos lag sie auf dem Rücken. Mußte so etwas nicht passieren?! Egal, ob dumm oder verwegen, was rasten sie auch so eng nebeneinander!

Shozo ging das alles nicht in den Kopf, aber es machte ihn auch immer neugieriger. Als hätte er plötzlich ein unbekanntes, seltsames Wesen vor sich.

Noch einmal packte er ihre Schultern und rüttelte. Keine Reaktion. Durch den dicken Stoff fühlte sich der erschlaffte Körper wie ein knochenloses Tier an. Seine Hände hielten an ihren Schultern fest. Direkt vor seinen Augen der Reißverschluß ihrer Jacke. Wenn er den jetzt klammheimlich aufziehen, ihr Hemd aufknöpfen würde, was für Fleisch könnte er dann sehen?

Ihm kam in den Sinn, worüber er neulich mit dem Beamten vom Müllentladeplatz gesprochen hatte.

„Der ganze Müll verwest und löst sich auf?"

„Alles verwest, früher oder später."

„Aber Plastik verwest doch nicht?"

„Auch Plastik zersetzt sich."

„Ich dachte, nicht."

„Doch. Das andere gibt ja beim Verwesen Wärme ab."

Was mache ich hier eigentlich, ging es Shozo durch den Kopf. Seine Hand hatte von ganz allein nach dem Haken des Reißverschlusses getastet.

Er holte tief Luft und richtete sich auf. Sein Atem ging schwer. Noch nie hatte es tief in seinem Körper so gepuckert. Eine Weile schaute er auf die Frau herab, wie sie in ihrer eng anliegenden schwarzen Kleidung Arme und Beine von sich streckte. Es war niemand da, der ihn sehen konnte.

Etwas wie ein Wind strich plötzlich durch seinen Körper. Am Ende verfault doch alles.

Da verschwand das erregende Bild, das sich aus dem Boden unter seinen Füßen ganz unmittelbar auf ihn übertragen hatte, wo in einer Tiefe von zehn, fünfzehn Metern der Müll aufeinanderlag, absank, verweste.

Er ging zur Straße und lief auf die Bucht-Autobahn zu. Dort fuhren zwar nur Lastwagen, aber vielleicht konnte er doch ein Taxi finden.

Als Shozo endlich mit einem Taxi zurückkam, war es auf dem Neuland Nr. 13 schon dunkel. Eine nahezu klebrige, tiefe Finsternis.

Die Stelle würde kaum wiederzufinden sein. Er bat den Chauffeur, langsam zu fahren, und versuchte in der Dunkelheit etwas zu erkennen. Da blitzte plötzlich am Rand des Scheinwerferkegels etwas auf, das zu einem Motorrad gehören konnte.

Auf der Stelle ließ er anhalten. Nachdem sie ein wenig zurückgesetzt hatten, strahlten die Scheinwerfer dorthin.

„Ob Sie wohl freundlicherweise mit anfassen könnten? Sie ist bewußtlos“, sagte Shozo. Der Chauffeur, ein älterer, entgegenkommender Mann, ließ sich nicht lange bitten und stieg mit ihm aus. Als sie von der Straße in die Wiese hineingingen, redete er laut vor sich hin:

„Jetzt darf man ja hier angeblich nachts nicht mehr fahren, aber bis vor kurzem war es die reinste Rennstrecke für eine Menge Motorräder. Die sind sich immer schnell in die Haare geraten und haben mit ihren voll aufgedrehten Recordern rumgelärmt. Was denken die sich eigentlich dabei? Sind doch keine Kinder mehr. Bei denen ist Hopfen und Malz verloren . . ."

Da verstummte er. Auch Shozo blieb stehen.

Das Motorrad lag noch immer da, aber sie saß mit angezogenen Beinen daneben auf der Erde. Die Ellbogen über den Knien verschränkt, das Kinn darauf gestützt, sah sie zu ihnen auf. Sie lachte sogar. Der Helm lag neben ihr.

„Wann bist du zu dir gekommen?" rief Shozo.

„Häh, eine Frau?!" stutzte der Fahrer.

Sie lachte weiter. Das Gesicht im Scheinwerferlicht war tatsächlich ihr Gesicht, das der Frau aus Harumi.

„Alles in Ordnung? Nichts passiert?" fragte Shozo noch einmal nach. Er war ein bißchen enttäuscht. Eine halbe Stunde hatte er am Rand der Bucht-Autobahn auf das Taxi gewartet und sich dabei ausgemalt, wie er in die inzwischen stockfinstere Wiese zurückkommen und die tödlich verletzte oder zumindest bewußtlose Frau retten würde.

„Ich habe mir die Schulter geprellt und das Fußgelenk verrenkt. Mein Kopf ist auch so komisch schwer und tut weh."

Bei diesen Worten verzog sie das Gesicht.

„Ist ja normal, daß jetzt auch schon Frauen Motorrad

fahren. Aber so ein großes? Ziemlich unvernünftig! Das haben ja nicht einmal Männer so leicht im Griff."

Der Chauffeur war offensichtlich erleichtert, daß sie keine größeren Wunden hatte.

„Die Kopfschmerzen gefallen mir ganz und gar nicht. Wir sollten schleunigst in ein Krankenhaus fahren."

Shozo ging auf sie zu und reichte ihr die Hand. Sie griff brav zu und stand auf, aber als sie zu laufen versuchte, verzog sie wieder das Gesicht.

„Der Knöchel . . ."

Shozo nahm den Helm in die eine Hand und schob ihr die andere unter dem Arm hindurch auf den Rücken, um sie zu stützen. Sie war dünner und leichter als vermutet.

„Was hättest du gemacht, wenn ich nicht mit dem Taxi gekommen wäre?"

„Ich hätte bis morgen früh hier gesessen. Ach, Unsinn. Ich habe gewußt, daß Sie mich holen kommen."

„Wieso?"

Sie lachte gurrend und stöhnte dann „Aua". Den rechten Fuß zog sie nach.

Auf den Sitz im Taxi schaffte sie es allein. Shozo nannte dem Chauffeur die Adresse eines Krankenhauses in der Nähe seiner Wohnung. Dort hatte man ihn im letzten Jahr behandelt, als er an einem stark verschneiten Tag vor seinem Haus gestürzt war. Nachdem das Taxi angefahren war, flüsterte sie Shozo ins Ohr:

„Ich habe gewußt, daß Sie mir helfen werden, noch bevor Sie losgegangen sind, um ein Taxi zu holen. Und daß Sie meinen Reißverschluß angefaßt haben, habe ich auch gemerkt!"

„Dann warst du also gar nicht ohnmächtig?!", wunderte sich Shozo. Was ist das nur für eine Frau?

„Bin gleich wieder zu mir gekommen. Dann habe ich zugesehen, was Sie wohl machen werden. Mit halboffenen Augen."

Ihr Atem schlug an sein Ohr. Für ihren schweren, schmerzenden Kopf hatte sie eine ganz muntere Stimme.

„Bist du sicher, daß du soviel reden solltest? Mach lieber die Augen zu und sei still."

Das Taxi hielt nicht auf Shinagawa zu, sondern fuhr in der entgegengesetzten Richtung über Toyosu nach Harumi und Tsukishima. Düstere, große Schatten von Fabriken, Docks und Gastanks zogen vorbei. Die Frau schwieg folgsam, in ihren Sitz gelehnt.

Shozo war in einer eigenartigen Verfassung. Auf der dunklen Wiese bei der reglosen Frau in Schwarz mit ihren schlaffen, von sich gestreckten Gliedern hatte er zum Greifen nahe die Schwere ihres Fleisches gefühlt, das in den verwesenden Neulandsboden zu sinken schien. Aber was sie jetzt, wieder bei Bewußtsein, sagte und tat, war irgendwie unwirklich.

Vielleicht lag es daran, daß er mit einer jungen Frau noch nie privat so vertraulich gesprochen hatte. Wahrscheinlicher jedoch, daß ihm aus ihrem leichenstarren Körper so etwas wie ihr Geist entgegengetreten war. Obwohl sie Ende Zwanzig sein mußte, sprach sie jetzt wie ein Teenager. Außerdem klang ihre Stimme unnatürlich schrill. Aber, kein Zweifel, die enge schwarze Kluft, die Erdklumpen an Knien und Ellbogen, das war tatsächlich die, die auf der Wiese gelegen hatte.

„Fragen Sie mich denn gar nicht, warum ich mich ohnmächtig gestellt habe?"

Ihr Mund war plötzlich wieder ganz nah an seinem Ohr.

„Naja, du bist eben bösartig.“

„Nein. Weil ich mich für Sie interessiere. Wir haben uns mal in Harumi getroffen, stimmt's? Erinnern Sie sich?“

„Ich erinnere mich ganz genau. Denn es war das erste Mal, daß mich eine Frau mit Motorrad fast fasziniert hätte.“

„Und für mich war es das erste Mal, daß ich einen getroffen habe, der in der Abenddämmerung allein auf dem Harumi-Kai herumschlendert, einen ziemlich ordentlich angezogenen und nicht mehr ganz jungen Mann. Danach habe ich mich oft gefragt, was der wohl sucht, wenn er dort rumläuft. Und ich habe das Gefühl gehabt, höchstwahrscheinlich sucht er sich selbst. Damals haben Sie wirklich so ausgesehen.“

„Du sagst aber unangenehme Sachen“, antwortete Shozo, aber ihre Worte waren ihm erstaunlicherweise nicht unangenehm, wie sie es bei jeder anderen Person gewesen wären.

„Wie Sie ausgesehen haben, als Sie heute auf Nr. 13 allein am Straßenrand gesessen haben ...“

„Das hast du gesehen, bei dem Tempo?“

„Na klar.“

„In Harumi hast du gesagt, du baust einen Unfall, wenn du einen Blick zur Seite wirfst.“

„Ach ja? Aber heute habe ich Sie gesehen, wirklich. Ich wußte sofort, das ist der von neulich. Darf ich noch ein bißchen weiterreden?“

„Meinetwegen. Es wird zwar nichts Erfreuliches sein ...“

„Es ist schlimmer geworden“, meinte sie mit leisem Nachdruck.

„Inwiefern?“ fragte Shozo gespannt zurück, obwohl er sie eigentlich nicht ernst nehmen wollte.

„Sie werden schon nicht mehr zurück können.“

„Wohin?“

Auch Shozo sprach inzwischen leiser.

„Zu Ihrem ursprünglichen Selbst.“

„Dann bin ich also ein blind umherirrender Schatten?“

„Vielleicht“, sagte sie milde und mit Gefühl. Zumindest klang es Shozo so. Verblüffend kühl und zugleich so angenehm, wie er sie noch nie gehört hatte.

Über Tsukishima kam das Auto nach Tsukiji. Nun nahmen allmählich die Neonreklamen und Straßenlampen zu. Sie war von Shozo abgerückt und hatte sich zurückgelehnt.

„Tut's weh?“

Mit geschlossenen Augen schüttelte sie leicht den Kopf.

Die Ginza war überflutet von Licht und Menschenmassen. Mit einem Mal sah sie müde aus. Als sie im Krankenhaus ankamen, wollte sie nicht mehr reden.

An der Anmeldung sagte man ihm, die Sprechstunden seien schon vorbei, und erst nachdem Shozo mehrfach gebeten und erklärt hatte, daß es sich doch um einen Unfall handle, rief man den diensthabenden Arzt.

Mit fremder, tiefer Stimme antwortete die Frau auf die Fragen der Krankenschwester für die Kartei. Shozo schilderte dem Arzt in groben Zügen den Unfallhergang und zog sich dann aus dem Sprechzimmer zurück.

Allein saß er in einem halbdunklen Warteraum und fand es komisch, aber nicht unnatürlich, daß er sich so selbstlos um ein Mädchen kümmerte, dessen Namen er nicht einmal kannte. Er ahnte, dieses seltsame Zusammentreffen hatte einen Sinn. Welchen, wußte er zwar nicht, aber er fühlte sich jetzt sehr frisch. Als hätte sie ihn mit ihrer Lebenskraft angesteckt.

Der Arzt kam heraus und teilte ihm mit, daß die Gehirnströme nicht ganz normal seien und es deshalb ratsam wäre, sie heute nacht als Notfall hierzubehalten, um sie dann morgen gründlich untersuchen zu können.

Als Shozo meinte, man müsse ihre Familie benachrichtigen, erwiderte der Arzt, daß sie anscheinend allein lebe.

Sie trat aus dem Sprechzimmer. Überhaupt nicht mehr die strahlend Gelaunte und Ausgelassene von kurz zuvor. Ihre dreckverschmierte schwarze Kluft war im Krankenhaus fehl am Platz, als ob ein Taucher mitten durch die Stadt spaziere. Außerdem war ihr Gesicht, was ihm erst jetzt im Hellen auffiel, ungewöhnlich grell geschminkt. Es sah ganz blaß und durchscheinend aus im Neonlicht. Um so unnatürlicher stachen die dunklen Augenringe hervor.

„Ich komme morgen wieder, um zu sehen, wie's dir geht", sagte Shozo gewollt heiter und verließ das Krankenhaus.

7

Am nächsten Morgen ging Shozo früher los als sonst, um im Krankenhaus vorbeizuschauen.

Als er an der Anmeldung sagte, er wolle zu der Patientin mit dem Motorradunfall von letzter Nacht, entgegnete die Angestellte mürrisch:

„In welcher Beziehung stehen Sie denn zu ihr? Sind Sie ein Verwandter?"

„Nein, ich habe sie nur letzte Nacht hierher gebracht, weil ich zufällig am Unfallort war."

„Also kennen Sie die Patientin kaum."

„Nein. Eigentlich weiß ich nicht mal, wie sie heißt."

Die Frau blätterte in der Kartei und sagte dann noch kühler: „Yoko Hayashi ist der Name. Sie ist verschwunden. Ohne etwas zu sagen."

„Wann? In der Nacht?" fragte Shozo mit etwas zu hoher Stimme.

„Wahrscheinlich heute früh. Nachts ist die Eingangstür nämlich zu."

„Und was hat das zu bedeuten?"

„Woher soll ich das wissen?! Allerdings ist das keine Seltenheit bei diesen Halbstarken."

Shozo zog es vor, den Mund zu halten. Mit solchen

Sachen mußte er bei ihr wohl rechnen. In einem Winkel seines Herzens fand er das Ganze ja spannend und hätte am liebsten losgelacht. Er machte sich aber auch Sorgen wegen der Gehirnströme, von denen der Arzt letzte Nacht gesprochen hatte. Denn auf den Baustellen wurde oft davon geredet, daß ein paar Tage nach Unfällen plötzlich doch noch ernste Symptome auftreten können, selbst wenn zunächst Beschwerden ausgeblieben sind.

So erkundigte er sich erst einmal nach ihrer Adresse. Sie wohnte in der Gegend von Shibaura.

„Ob die Adresse stimmt, weiß ich nicht. Und auch nicht, was mit dem Namen ist", setzte die Frau hinzu.

An der Kasse bezahlte er ihre Rechnung. Die Summe war zwar kaum der Rede wert, aber er hatte das Gefühl, etwas Dummes zu tun. Unangenehm war es ihm allerdings nicht. Vielmehr brachte es ihn irgendwie in Hochstimmung. So unverhofft, wie sie auftauchte, verschwand sie auch wieder. Er wird sie bestimmt irgendwo wiedersehen. Das Ganze schien ihm echt, gerade weil es purer Zufall gewesen war, weil er es zumindest von sich aus nicht geplant oder bewußt angesteuert hatte. Shozo war selbst erstaunt, daß ihm solche Gedanken kamen. Offensichtlich werde ich langsam schrullig. Sie hat vollkommen recht.

In der Firma waren am Vormittag und Nachmittag mehrere Sitzungen. Shozo meldete sich oft zu Wort und hatte keine schlechten Einfälle. „Sie sind heute aber gut drauf", meinten die Kollegen. Er lachte nur ausweichend, wußte aber, daß er im Innern stimuliert war. Als ob seine Seele sich von selbst bewege.

Nach den Versammlungen war er auch mit dem Schriftkram schnell fertig und verließ so die Firma eher als sonst. Die Tage wurden immer länger. Es war noch hell. Auf dem Gehsteig drängten sich Leute, die nach Hause wollten. So ohne Mäntel schillerten die Sachen bunt in allen möglichen Farben.

Er kam an dem Schaufenster vorbei. Jetzt bei Tageslicht war der Eindruck nicht so intensiv wie in jener Nacht, und dennoch unterschied es sich irgendwie von den anderen Dekorationen, die auch Puppen benutzten, aber einfach nur wie Kleiderständer, bloße Requisiten, mehr oder weniger geschmackvoll arrangiert. Nur in diesem einen Fenster waren die Puppen so angeordnet, als wären sie Menschen mit eigenen Empfindungen, als nähmen sie die anderen neben sich wahr. Eigentlich traten viel tiefere, dunklere Seelenregungen zutage, als sich Menschen gewöhnlich eingestehen, spürte Sozo, Einsamkeit und Träume, Leiden und Sehnsüchte. Aber niemand außer ihm blieb davor stehen.

Als er sich von dem Schaufenster gelöst hatte, merkte er, wie er Lust bekam, nach Shibaura zu fahren. Dabei hatte er den ganzen Tag über nicht ein einziges Mal in diese Richtung gedacht. Hatte er deshalb seine Arbeit so schnell erledigt und die Firma eher verlassen? Seine von selbst aufgerührte Seele zu fühlen, war ihm angenehm und zugleich nicht ganz geheuer.

Er winkte ein Taxi heran. Weder völlig instinktiv noch absichtlich. Ihm war wie in dem weißlichen Dämmerzustand, wenn er bei Sonnenaufgang auf dem Stuhl im Arbeitszimmer saß, nicht Nacht und nicht Morgen, keine Fortsetzung der Träume und auch nicht ganz wirklich.

Der Chauffeur drehte sich zu ihm um und meinte, sie wären da. Sie hatten an einer Stelle angehalten, wo nur große Lagerhallen standen. Die Gegend machte einen verlassenen Eindruck, trotz einiger Büros von Lagervermietungen und ein paar Leuten auf dem Heimweg. Daß hier eine junge Frau allein leben sollte, konnte er sich nicht vorstellen. Es gab im Umkreis kein einziges Wohnhaus. Vielleicht war die Adresse erfunden, die Frau an der Anmeldung hatte das zumindest nicht ausgeschlossen. Aber es schien ihm wiederum unwahrscheinlich, daß sie ausgerechnet so einen seltsamen Ort vorgeben würde.

Shozo stieg aus dem Taxi. Es war noch hell, aber in den schmalen Wegen zwischen den Lagerhallen hielt schon das Abenddunkel Einzug. Er fragte einen Passanten nach der Hausnummer. „Irgendwo dahinter", antwortete dieser mit skeptischem Blick.

Shozo bedankte sich und ging durch eine Gasse zwischen den Lagerhallen auf die Rückseite. Dort standen kleine Speicher. Auch ziemlich alte. Er lief eine Weile herum und sah dabei immer wieder auf die Hausnummern, die an den Strommasten befestigt waren. Das Meer schien ganz in der Nähe zu sein. Er konnte es riechen, Schiffsmotoren hören.

Hier muß es sein, dachte er, aber auch dieses Gebäude war eine Lagerhalle. Eine, der man ihr Alter ansah. Die Eisentür vorn war fest verschlossen. Eine Weile stand er davor, aber niemand kam heraus und niemand vorbei.

An der Seite führte eine schmale Treppe nach oben. Eine einfache, nur aus Eisenplatten und Eisenstangen zusammengeschraubte Stiege, rostig rot. Ein wenig lustlos kletterte Shozo hoch. Auf der Hauswand hatte der Regen rötliche Spuren hinterlassen. Oben angelangt, stand er vor einer kleinen Eisentür. Lack blätterte ab, so war sie vom Seewind mitgenommen.

Er drückte und zerrte an der Klinke, aber die Tür klapperte nur und ging nicht auf. Die Adresse war eben doch gelogen, dachte er, ruckte noch einmal kräftig und wollte schon gehen, als die Tür von innen vorsichtig aufgezogen wurde. Nur eine Handbreit stand sie offen, so daß er drinnen nichts erkennen konnte. Es war auch kein Ton zu hören.

Shozo machte einen Schritt darauf zu und fragte höflich:

„Wohnt hier vielleicht eine Frau Hayashi?"

Er war auf eine tiefe Männerstimme gefaßt, die das barsch verneinen würde. Es kam nicht gleich eine Antwort. Nur öffnete sich die Tür noch einen Spalt weiter. Und dann eine Stimme. Die Stimme einer Frau. Schwach und dazu tief, fast heiser. Ihrer nicht unähnlich, aber von einem ganz anderen Klang.

„Ja, Hayashi", sagte die unsichtbare Frau schüchtern.

„Frau Yoko Hayashi?"

Wieder keine Antwort. Aber die Tür blieb offen. Für ihre Mutter war diese Stimme zu jung. Vielleicht ihre Schwester? Aber eine Familie konnte doch unmöglich an einem solchen Ort wohnen.

„Wer sind Sie?"

Endlich ein Laut.

„Ich war gestern am Unfallort von Yoko, Sakai mein Name. Ich habe sie ins Krankenhaus gebracht, aber dort ist sie nicht mehr ... Sollte sie nach Hause gekommen sein, dann bin ich beruhigt. Auf Wiedersehen!"

Die Tür öffnete sich noch etwas weiter. Wie aus dem Nichts tauchte eine Frau auf. Sie trug einen Jeans-Anzug. Ihr Haar war lässig zusammengebunden und ihr ungeschminktes Gesicht gespannt. Er hatte den Eindruck, sie irgendwo schon einmal gesehen zu haben, konnte ihre

Gesichtszüge aber in dem schwachen Außenlicht nicht genau erkennen. Auch hinter ihr war es schummrig, nur tief drinnen brannte anscheinend eine Lampe.

„Kommen Sie herein!"

Sie klang tonlos, aber nicht stumpf. Trocken, aber nicht kalt. Ein seltsames Gefühl. Es hallte in den Tiefen seiner Seele wider.

Er trat ein. Die Frau schloß die Tür. Drinnen herrschte eine weite Leere und Dunkelheit. Ganz hinten ein Verschlag aus Fertigteilen, wie eine Abstellkammer, in dem eine Lampe brannte. Vom Eingang bis dorthin stand und stapelte sich alles mögliche auf dem blanken Zementboden.

Die Frau ging langsam nach hinten. Seine Augen gewöhnten sich rasch an die Dunkelheit. Er war hier wohl im Zwischengeschoß des Lagerhauses. Auf der einen Seite zog sich eine Wand offenbar bis zur Decke, aber ihr gegenüber war eine weite Öffnung zum Erdgeschoß hin, so daß er sich vorkam wie auf einem Felsvorsprung in einer finsteren, abgrundtiefen Höhle.

In einer Ecke nahm er undeutlich einen Haufen weißlicher Gegenstände wahr. Längliche, runde. Es waren zerlegte Schaufensterpuppen. Dutzende Arme, Rümpfe mit und ohne Kopf, verdrehte Füße.

Unvermittelt wollte Shozo stehenbleiben. Diese Frau, die ihm so bekannt vorkam, hatte das Schaufenster gestaltet!

Als er sie im Verschlag noch einmal unter der Lampe betrachtete, war er sich sicher. Das scharf geschnittene, aber ausdruckslose Gesicht, das zurückgebundene Haar und die Linie des Haaransatzes, der nervöse Blick und der ganze Eindruck, daß eine kalte, harte Schale verberge, was in ihrem Innern dunkel und tief brodelte. Sie hatte aber auch etwas Undeutliches, Flackerndes an sich, und er konnte nicht genau sagen, was an ihr wie ein unscharfes oder doppelt belichtetes Foto wirkte.

„Wer sind Sie?“ wollte Shozo gerade fragen, da stieß sie mit gerunzelten Brauen hervor:

„Mit dieser Yoko dürfen Sie sich nicht mehr treffen!“

Was sagt sie da?! Für einen Moment blieb Shozo die Luft weg, dann atmete er langsam aus.

In dem Verschlag herrschte ein ziemliches Chaos. Der Tisch, an dem sie einander gegenüber saßen, stammte aus dem Trödel, verblichen und zerschrammt, wie die Stühle auch. Er war voller Teller, Gläser und Blätter mit allerlei Skizzen. Auf dem Boden lagen Papierknäuel und Drahtschnipsel herum, überall waren Lack- und Farbkleckse. Es roch leicht faulig.

„Sie ist nämlich schlecht.“

Ihre Stimme war weniger haß- als furchterfüllt. Sie senkte ein wenig die Augen, die Lider zitterten.

„Ich bin da anderer Meinung“, sagte Shozo absichtlich langsam.

„Männer verstehen das also nicht“, stellte sie fest.

An der billigen Bretterwand hingen gedrängt eine Windjacke, Reproduktionen, ein Kalender mit roten und blauen Kreisen, mehrere Poster, außerdem verschiedene Masken, Vögel und Tiere aus Draht und ein Plastikfisch. In einer Ecke am Boden stand ein Gebüsch von Papier- und Plastikpflanzen.

Allmählich wurde es Shozo unheimlich. War sie nicht etwas sonderbar? Welche normale Frau wohnte schon in der Ecke so eines Lagerhauses. Weniger das Durcheinander kam ihm eigenartig vor, sondern vielmehr, daß sie anscheinend alles, was ihr in die Hände fiel, an sich zog, um sich dahinter zu verbarrikadieren. Wie diese Sackspinner-Insekten.

„In welcher Beziehung stehen Sie denn zu dieser Yoko? Wo ist sie überhaupt?"

„Hier ist sie nicht", erwiderte sie verstockt.

„Sind Sie ihre Schwester?"

Statt zu antworten, sah sie ihn mit gesenktem Kopf von unten an. Dann wandte sie plötzlich den Blick ab und sagte nur:

„Ja, etwas in der Art."

Irgendwie ähnelten die Frauen einander tatsächlich in Statur und den Konturen des Gesichts, aber sie machten einen ganz unterschiedlichen Eindruck.

„Ist sie wirklich nicht nach Hause gekommen? Sie hat sich nämlich am Kopf verletzt. Die Gehirnströme sind nicht ganz normal, und der Arzt sagt, sie muß gründlich untersucht werden. Wenn sie Ihre Schwester ist, dann sollten Sie sie schnellstens ausfindig machen und untersuchen lassen. Das wollte ich Ihnen sagen. Wohnt sie denn nicht bei Ihnen?"

„Nein. Und sie ist auch nicht meine Schwester."

„Eben haben Sie doch gesagt, sie sei Ihre Schwester!"'

„Nur, daß sie so etwas wie eine Schwester ist."

„Was soll das heißen?!"

„Das geht Sie nichts an."

Shozo begriff überhaupt nichts mehr. Was dachte die sich eigentlich?

„Wenn sie nicht Ihre Schwester ist, dann haben Sie gar kein Recht, mir zu erlauben oder zu verbieten, sie zu sehen!"

„Das sage ich Ihretwegen."

„Wieso?“

„Weil sie schlecht ist. Und am gefährlichsten für Männer wie Sie.“

„Ich bin nicht mehr der Jüngste, wie Sie sehen. In meinem Alter sind einem junge Mädchen nicht mehr gefährlich.“

„Sind Sie sich da so sicher?“

Sie schien zu lächeln.

„Was sollte mir denn passieren?“

„Sie würden zugrundegehen.“

„Mitsamt Vermögen und Familie? Ich habe zum Glück weder das eine noch das andere.“

„Ich meine nicht, was Sie haben, sondern Sie selbst . . .“

„Eine richtige Hexe also?!“

Shozo war fast dem Lachen nahe. Da sprang sie mit einem Mal von ihrem Stuhl auf, griff sich das Bündel Papier, an dessen Rand sie bis eben herumgefingert hatte, und knallte es mutwillig auf den Tisch. Wo in dieser ausdruckslosen, spröden Frau steckt solches Temperament? Shozo wollte unwillkürlich auch aufstehen.

„Das sage ich Ihnen! Wenn Sie das nicht mal verstehen, dann machen Sie doch, was Sie wollen. Verschwinden Sie!“ sagte sie kalt. Jetzt stand Shozo auf. Eine Weile starrten sie sich an.

„Können Sie sich an mich erinnern?“ fragte Shozo leise.

„Nein.“

„Ich habe Ihnen neulich nachts zugesehen, als Sie das Schaufenster dekoriert haben.“

„Ach, ja?“

„Die Szene gefällt mir. Ich sehe sie mir jeden Tag an,

wenn ich daran vorbeikomme. Ich verstehe es, auch wenn ich's nicht formulieren kann. Lassen Sie uns noch mal miteinander reden! Sie verbieten mir zwar, diese Yoko zu treffen, aber Sie doch wohl nicht, oder?"

Sie ging nicht darauf ein. Und nun wieder schüchtern, murmelte sie Shozo nach:

„Um so schlimmer für Sie, wenn Sie das wirklich verstehen."

Als er die Tür öffnete und auf die Treppe trat, sah er zwischen den vor ihm aufragenden Reihen großer Lagerhallen das Neuland im Dunkeln. Ein Passagierschiff mit hell erleuchteten Bullaugen zog vor ihm übers Wasser, dahinter schwamm weiß in der Dunkelheit das Schiffsmuseum, und noch weiter draußen mußte Nr. 13 liegen.

Er konnte sich nicht mehr vorstellen, daß er da gestern um diese Zeit allein die dunkle Straße hinuntergerannt war, um ein Taxi zu kriegen. Und noch merkwürdiger fand er, daß er jetzt auf der Treppe dieses alten Lagerhauses stand. Es kam ihm sogar fast so vor, als irre er durch die Träume oder Wahnvorstellungen von jemand anderem.

Und wenn schon, wer war dann dieser Jemand? Die halb verrückte, junge Frau, von der er gerade kam. In der Tiefe ihrer Höhle baute sie mit den Schaufensterpuppen weiter an wahnwitzigen Szenen. Vielleicht gab sie deren Träumen Gestalt.

Wieder erinnerte er sich an ihre Schaufensterdekoration. Die Puppen, denen eine fast schmerzliche Schwermut anhing. Warum nur blieb das so in der Seele zurück? Waren die Puppen seltsame Trugbilder von Dingen, die Menschen werden wollten, aber nicht konnten? Oder wundersame, mehr und mehr entmenschlichende Menschenwesen, die nur ihre Form beibehielten?, sann Shozo vor sich hin.

Vorsichtig stieg er Stufe für Stufe die Treppe hinab. Er hörte jeden seiner Schritte, spürte beim Auftreten auch die festen Eisenplatten. Trotzdem schien er immer mehr ins Leere zu treten.

Was bedeutet das alles nur? fragte er sich.

8

Dieselbe rostige Treppe stieg Shozo am nächsten Sonntag wieder hinauf.

Beim Verlassen seiner Wohnung hatte er nicht im entferntesten daran gedacht, hierher zu kommen. Eigentlich wollte er auf das Neuland. Er soll die Motorradfahrerin nicht treffen! Die Warnung der Schaufensterpuppenfrau (wie er sie für sich nun nannte) hatte er keineswegs vergessen, aber es sperrte sich jedesmal etwas in ihm, wenn er an ihre fast drohenden Worte zurückdachte.

Wie er wußte, war es von Harumi über Toyosu näher als von Shinagawa aus, und so fuhr er zur Ginza, um vorher noch etwas Leichtes zu Mittag zu essen. Die Atmosphäre der sonntäglichen Fußgängerzonen auf den Hauptstraßen mochte er nicht. Auf der Suche nach einem angenehmen Restaurant lief er durch die Nebenstraßen, und da stieß er wieder darauf, auf eine ihrer Dekorationen.

Eingebaut in ein nicht gerade großes Reisebüro, so daß man die Puppen gleich von außen durch die Scheibe sah. Die Dekoration war nicht so groß wie in dem Schaufenster seines Geschäftsviertels. Aber als ihm der Laden zufällig ins Blickfeld geriet, wußte er sofort: Das war von ihr; fühlte es mehr mit den Antennen seines Unterbewußtseins als mit seinen Augen.

Kaum zu glauben, daß die Arbeiten dieser verdrehten Frau an so unterschiedlichen Orten gefragt sind, aber vielleicht ist die Zeit danach. Zumindest in dieser rätselhaften Großstadt Tokyo. Er dachte an die Jungen und Mädchen in Harumi zurück. Die waren in ihren phantastischen Kostümen auch so stumm wie Puppen herumgelaufen.

Diese eigenartige Gestaltung, durch die Schaufensterpuppen viel lebendiger als Menschen aus Fleisch und Blut, Plastik- und Kunststoffprodukte frischer als Schöpfungen der Natur wirken – von wem sonst als von ihr.

In dieser Szene hier lagen auf einer tropischen Insel ein Mann und eine Frau im Grünen nebeneinander. Die Pflanzen waren unverkennbar aus Kunststoff, aber das vielfache Über- und Ineinander ihrer ominösen Blätter und Stengel, gewundenen Ranken und verdrehten Stämme strömte über vor üppigem, fast drückendem, dunkelgrünem Leben. So schienen die im Schatten der Bäume liegenden, halbnackten Puppen mit unzähligen Fühlern ineinander verschlungen, obwohl sie sich an keiner Stelle wirklich berührten. Heiß atmete ihre rauhe, trockene Haut aus weit geöffneten Poren.

Der Laden war geschlossen, niemand darin oder in der Nähe, und so legte Shozo die Stirn an die Scheibe und sah hinein. Sein Atem ging schwer, das Herz war in Aufruhr. Hinten, im Dickicht der tropischen Bäume, stand ein Puppenjunge und blies auf einer Rohrflöte. Nur die Augen waren weiß geblieben auf dem vollkommen dunkelbraunen Körper.

Er sah genauer hin. Das geschminkte Gesicht der auf

dem Bauch liegenden weiblichen Puppe war der Motorradfahrerin zum Verwechseln ähnlich. Übertrieben greller Lippenstift und Augenringe. Grünlicher Lidschatten. Nur war sie nicht langhaarig wie die Motorradfahrerin, sondern kahl, aber gerade das wirkte beklemmend sinnlich.

Das Gesicht des Mannes konnte er nicht sehen, da er ihm den Rücken zuwandte. Die Frau mit den müden, halb geschlossenen Lidern lächelte ihn an. Aber Shozo war, als meine sie ihn, und schreckte zurück.

Die Nebenstraße lag zwar schon im Schatten, aber es war immer noch hell genug an diesem sonnigen Nachmittag. Um Shozo herum schien es jedoch plötzlich zu dunkeln, fast als ziehe die Szene ihn allmählich in sich hinein. Schweiß trat ihm auf die Stirn.

„Wieso gehen Sie im Betonland ein?! Die Trauminsel ist doch gleich hier um die Ecke!"

Breit klebte der Werbespruch des Reisebüros schräg über der Glastür.

Shozo entwand sich der unsichtbaren Macht, die ihn umfing, und entfernte sich von dem Laden. Nebenstraßenstille, in der allein die untereinander an den Häusern hängenden Barschilder diskret atmeten, während man sich vorn in den Fußgängerzonen drängte. Eine schmutzige Katze steckte ihr Gesicht aus einer Gasse.

Warum nur ergreift mich alles, was die Schaufensterpuppenfrau macht? Diese überspannte Frau, die sich in einer alten Lagerhalle vergräbt. Stachelt sie mich nicht geradezu auf, die Motorradfahrerin zu treffen?! Aus allen Schaufenstern lachen mich nun Puppen mit diesem Gesicht an, auch wenn sie das gar nicht für mich gemacht hat.

Shozo ging vor auf die Namiki-Straße, nahm sich ein Taxi und sagte: „Nach Shibaura."

Er stieg die Treppe bis ganz nach oben. Zwischen den Lagerhallen vor ihm funkelte blendend das Meer. Das Neuland Nr. 13 war zu sehen. Auch die Aufschüttungen an der Innenseite der Mittelmole, die sich im Dunst hügelig hoben.

Er klopfte an die Eisentür. Keine Antwort. Daraufhin klopfte er stärker. „Frau Hayashi!", wollte er nicht rufen. Der Name eines richtigen Menschen ging ihm nicht leicht über die Lippen. So rief er: „Hallo, jemand da?" Ziemlich laut. Dann drückte er zaghaft gegen die Tür.

Quietschend öffnete sie sich. Drinnen war es stockdunkel. Mit einem lauten „Hallo, keiner da?" schob er die Tür auf. Nicht einmal hinten in dem Verschlag brannte heute Licht. Er machte einen Schritt hinein.

Das Licht von draußen beschien den mit Stäubchen und Ölflecken übersäten Betonboden. Ein undefinierbarer schwacher Geruch. Eine kühle, riesige Leere. Als er rief „Keiner zu Hause?" echote seine Stimme leicht verzögert und ein wenig zittrig durch die Lagerhalle. Massiver, harter Beton, sich kreuzende Eisenstreben darin, ein Stahlgerüst, das ein hohes, großes Dach trug.

Obwohl Shozo schon auf unzähligen Baustellen gewesen war, spürte er den Beton und das Eisen so unmittelbar wie zum ersten Mal auf der Haut seines Körpers. Deren Rauhheit und Schwere, das Niederdrückende, die Geräusche, wenn Risse entstanden, den stechenden Geruch, das Grauweiß und Rostrot, die Grabeskälte.

Hinfällige, federleichte Häuser aus Holz und Papier und düstere, bemooste Gärtchen hatten sie zerstört, um

Bürogebäude, Wohnhäuser, Siedlungen, Fabriken und Hochstraßen zu bauen. Aus Beton und Eisen. Die waren durchaus stark, stabil und sogar schön. Aber hatten sie in Wirklichkeit nicht nur kalte, harte Dinge zusammengetragen und aufeinandergesetzt? Diese umschlossen lückenlos Räume, in denen es so leer und bitterkalt war wie hier. Wie in einem stillgelegten Schacht. Diese sonderbar riechende, vollkommen hermetische, leere, tote Finsternis, in der selbst die Luft stillsteht, haben wir als erste unserem Land gegeben.

Er fühlte sich unbehaglich. Ich habe Tokyo gebaut. Aus Brandruinen eine Großstadt gemacht. Aber etwas Unsichtbares dabei zerstört. Sogar mich selbst, wie die Motorradfahrerin entschieden gesagt hatte. So eine Leere herrscht sicher in den Schaufensterpuppen.

Um die Gedanken und Erinnerungen loszuwerden, die sich eine nach der anderen aus dem Inneren der alten Lagerhalle aufdrängten, ging Shozo langsam zurück und stieß die Tür auf. Draußen blendendes Licht, laue, feuchtwarme Meeresluft. Er atmete tief durch. Langsam strömte das Blut bis in die Ecken seines klammen Körpers.

Nur sein Kopf war noch heiß und wirr. Soll man also keine Betonkästen bauen, lieber aufs Land gehen und Felder bestellen? Bambussprossen ausgraben? Nein, sagte eine Stimme in ihm. Uns bleibt schon nichts anderes mehr übrig, als mit dem Eisen und dem Beton, mit Plastik und Kunststoff weiterzuleben.

Versonnen stieg er die Treppe hinunter. Da wurde ihm klar, daß jene Frau, in ihrer Betonhöhle vergraben, genau das dachte. Sie wollte die im Innern hohlen Schaufensterpuppen zum Leben erwecken. Ihnen Träume einblasen.

Weil sie selbst wie eine Puppe war? Ihr bleiches, ausdrucksarmes Gesicht, ihre unverständlichen Worte. Aber bin ich denn besser?! Das sieht dann so aus.

Shozo beugte linkisch die Knie, winkelte die Ellbogen wie eine Marionette und stieg so die Treppe hinunter.

Paßt doch gut zu mir, oder?

Shozo mußte über sich lachen.

In diesem Viertel war am Sonntagnachmittag nirgends ein Mensch. Hier gab es nur die Betonwände der großen Lagerhallen. Die zwischen ihnen hindurchfallende Sonne malte scharfe Licht- und Schattenstreifen auf den Asphalt. Der Beton rückte zum Schaudern nah. Eine Totenstille. Hierzu paßten tatsächlich nur Schaufensterpuppen.

Wie eine Puppe lief Shozo weiter.

Seine Schritte hallten an den Wänden der Lagerhäuser wider, und über die leere Straße hüpfte sein Schatten.

9

Der nächste Sonntag. Wieder stieg Shozo die Treppe des alten Lagerhauses hoch.

An der Tür hing ein weißes Kunststoffschild, sauber beklebt mit Abziehbuchstaben.

„Für Menschen Zutritt verboten!"

Und unterzeichnet war das Ganze mit einer kleinen, nackten Schaufensterpuppe links unten.

Shozo mußte lachen, als er das sah. Habe ich nicht schon letzte Woche hier gelacht? Aber er begriff nicht, warum es ihn ausgerechnet hier immer überkam (für gewöhnlich lachte er nämlich äußerst selten).

Dann werde ich also hinausfahren. Auf das künstliche Land, auf den Boden aus Müll. Ist nicht gerade dort die neue Heimat für zwiespältige Menschen wie mich? Auf dem Friedhof für die entropischen Ausscheidungen von Groß-Tokyo. Vielleicht aber verwandelt sich die Unkrautwildnis schon bald in einen großen Wald oder eine ganz neue Stadt, die kein Betonhaufen ist.

Ich werde die mysteriöse Motorradfahrerin suchen, jene Fee der neuen, unechten Erde.

Shozo verließ eilig das Lagerhausviertel, nahm sich ein Taxi und ließ sich geradewegs zum Neuland fahren. Sie erschien aber immer erst gegen Abend. Also erst einmal zu Nr. 13, aber dort waren keine Motorradfahrer. In der kurzen Zeit seit dem letzten Mal war die Wiese ganz grün geworden. Am Straßenrand, wo sie hingestürzt war, wucherte junges Gras.

Durch das Autofenster schaute er den Wiesen nach, über denen die heiße Luft flimmerte. War es denn wirklich geschehen? Die Erinnerung daran war ihm weniger gegenwärtig als das Panorama, das er letzte Woche in der Nebenstraße der Ginza entdeckt hatte. Die Schaufensterpuppe war in seinem Gedächtnis lebendiger als die leibhaftige Motorradfahrerin. Wahrscheinlich hätte ich in jener Nacht den Reißverschluß einfach aufgezogen, wenn ich das Panorama vorher gesehen hätte. Angeblich hatte sie sich in dem Moment nur bewußtlos gestellt.

Während er an die kahle Puppe dachte, wie sie lächelnd unter den tropischen Bäumen gelegen hatte, fühlte er die Wirklichkeit in den Grundfesten wanken. Die Trauminsel?! Die Trauminsel im Koto-Bezirk – vor über zehn Jahren hatte sie viel Aufsehen erregt, und nun war sie nur noch ein Eckchen der inzwischen in die Breite gegangenen Landaufschüttungen. Es mußte ein wunderbarer Träumer gewesen sein, der dem Mülland diesen Namen gegeben hatte. Oder war es beißende Ironie gewesen?

Sie fuhren am Schiffsmuseum vorbei. Mit dem Frühling kamen immer mehr Leute mit ihren Kindern hierher. Das Taxi überquerte die Brücke über der Bucht-Autobahn. Die Straßenbäume beiderseits trieben grüne Blätterr, die der Seewind hart machte. Shozo merkte, wie es ihn unvermittelt bewegte, daß auch auf künstlicher Erde Gras sproß und Bäume wuchsen. Dabei hatte ihn die wirkliche Natur meistens kalt gelassen.

Das Meer war zu sehen. Eine klare, ruhige Wasseroberfläche, anders als in der Bucht, wo ständig Schiffe kreuzten und Wellen brandeten. Ein paar Surf-Bretter mit kleinen Segeln in den Grundfarben schwebten darüber. Gab es hier ein Strandbad? Der Chauffeur antwortete ihm lediglich, er wüßte nichts dergleichen, weil er nur selten hierher käme.

Der gewundenen Küste folgend, kamen sie an eine kleine künstliche Bucht, deren Ufer wie ein Park angelegt war. Mitten in der Tokyo-Bucht eine unglaubliche Südsee-Atmosphäre. Hier stieg Shozo aus. Es kostete eine ganze Menge, aber sein Sinn für Geld hatte sich ohnehin verändert. Früher, besonders seit er allein gewesen war, hatte er sich unbewußt eingeschränkt, um fürs Alter mehr beiseite zu legen, doch diese Sorge ließ in letzter Zeit merklich nach. Nicht nur sein Umgang mit Geld, auch vieles andere war lockerer geworden. Gut gelaunt lief Shozo am Ufer entlang.

Ein paar Kinder angelten. Aber es waren nicht solche Scharen wie in Harumi. Mehrere Pärchen saßen auf dem Uferrasen. Shozo gefielen die zehn, zwölf jungen Surfer in ihren Badehosen, die ganz selbstvergessen bei der Sache waren. Manche wirkten noch so ungeschickt, daß von Surfen keine Rede sein konnte, so oft schlugen sie um und fielen ins Wasser. Aber sie ließen sich offenbar nicht entmutigen und richteten ihr Segel sofort wieder auf. Shozo hätte ihnen stundenlang zusehen können.

Am Ufer lagen nur kantige Steine, mehr als zwei Armspannen groß, aber wenn man Sand hierher bringen und einen Strand anlegen würde, könnte es ein anständiges Seebad abgeben, dachte er. Das Wasser war überraschend klar, vielleicht weil es so flach war. Im Moment sah man den Uferbäumen wie auch den Steinbrocken am Wasser an, daß sie von anderswo herangeschafft und noch fremd hier waren, aber mit der Zeit würden sie vielleicht etwas hermachen, eine neue Natürlichkeit annehmen. Es war schon merkwürdig, daß ihn diese unscheinbare kleine Bucht bewegte, wo er doch bis vor kurzem noch vollkommen von der wahren Schönheit der Wolkenkratzer überzeugt gewesen war.

Als auch der letzte Surfer ans Ufer gekommen war, stand Shozo auf. Es begann zu dämmern. Das Wasser der Bucht war jetzt bleigrau und trüb. Auch der Wind stand still. Die dem abendlichen Neuland eigene, triste Atmosphäre senkte sich herab. Ich fange an, süchtig danach zu werden, dachte Shozo. Zwischen Menschenwerk und Natur, Tag und Nacht, Wirklichkeit und Wahn. Aus den Tiefen seines Körpers drang eine neblige Ahnung. Es wird etwas geschehen. Die unsichtbaren Fühler seines Unbewußten reckten sich in die Dunkelheit.

Es sei sein Untergang, sich weiter mit der Motorradfahrerin zu treffen, hatte die Schaufensterpuppenfrau in dem alten Lagerhaus gesagt, aber das schreckte ihn nicht. Damals hatte er das nur als unsinniges Gerede einer Verrückten abgetan, nun gar nicht mehr. Jetzt schien es ihm selbst öfters so. Ohne zu wissen, wie ihm geschah, hatte es ihn auf dieses Neuland verschlagen, als wäre er angelockt worden. Und der Moment der Entscheidung nahte. Der Moment, in dem er die Konsequenzen aus dem Leben der vergangenen vierzig Jahre seit der Zeit der Brandruinen ziehen würde.

Diese Ahnung beunruhigte ihn jedoch nicht. Wahrscheinlich würde nun nur das ans Licht kommen, was ihn während dieser vierzig Jahre tief im Bewußtsein lebendig gehalten, angetrieben hatte. Kleinmütig, wie er war, hatte er geglaubt, umsichtig seine Wahl zu treffen, aber letztlich hatte ihn das dunkel in ihm Strömende den Weg wählen lassen, den er wählen mußte, ihn dorthin gebracht, wo er anlangen mußte. Und dieser ganz individuelle, verborgene Strom wollte in einen größeren münden. Die Motorradfahrerin ebenso wie die Schaufensterpuppenfrau tauchten als lebendige Schatten aus ihm auf. Und nicht bloß als Phantome.

Vage ging das Shozo durch den Kopf, als er langsam auf die Bucht-Autobahn zulief. Niemand war mehr in der Gegend. Die Lastwagen auf der Straße hatten schon ihre Scheinwerfer an. Eine Stimmung, der er sich nicht entziehen konnte. Warum nur wurde auf dem Neuland das Unterbewußtsein derart sensibilisiert?

Es kam nicht unerwartet für Shozo, als er ein Licht bemerkte, das sich von einer anderen Straße rasant näherte. Als habe sein Unbewußtes es herbeigerufen. Oder seine Seele gewußt, daß das kommen würde. Es wunderte ihn überhaupt nicht, daß es der Scheinwerfer eines Motorrads war mit der Frau in der schwarzen Jacke darauf. So selbstverständlich, als seien sie hier verabredet gewesen, hielt sie vor ihm.

Aber hinten drauf saß wider Erwarten noch einer. Ein schmächtiger Junge mit einer Baseballmütze.

„Sowas wie mein kleiner Bruder", meinte sie.

Der Junge sagte nicht mal „Guten Tag". Von seiner Größe her mochte er in der fünften oder sechsten Grundschulklasse sein. An den Seiten seines Rücksitzes waren zwei ziemlich große Segeltuchtaschen festgezurrt. Viel größer als er.

Es war nicht der Ort, sie zu fragen, warum sie neulich aus dem Krankenhaus verschwunden sei. Das war sowieso nur noch wie die Erinnerung an einen früheren, fernen Traum. Shozo sagte auch nichts von der Lagerhalle in Shibaura. Er merkte, daß die beiden auf dem Motorrad von etwas ganz anderem gefesselt waren.

„Sie kommen doch mit?"

Eine Frage, die mit einem Nein überhaupt nicht rechnete. Hohe Stimme.

„Ich komme Sie holen, wenn ich ihn und das Gepäck abgesetzt habe."

Shozo am Straßenrand zurücklassend, brauste das Motorrad in Richtung der kleinen Bucht davon auf dem Weg, den er gerade heruntergekommen war. Wohin mag sie fahren? Man kann doch jetzt nicht mehr an der Bucht picknicken. Shozo blieb im Dunkeln stehen, hochgespannt, zwischen Unsicherheit und Erwartung, Furcht und Aufregung.

Ihr verstauchter Fuß war anscheinend wieder in Ordnung. Und der Kopf? Aber sie wirkte nahezu unheimlich munter, obwohl sie im Krankenhauslicht so verschüchtert ausgesehen hatte.

Schneller als erwartet war das Motorrad zurück.

„Machen Sie sich keine Sorgen um den Helm, uns sieht sowieso niemand. Setzen Sie sich hinten drauf! Los, halten Sie sich richtig an meiner Hüfte fest! Ich kann Schneckentempo absolut nicht leiden."

Sie befahl regelrecht. Im selben Moment, da Shozo auf den Rücksitz stieg, trat sie schon aufs Gas. Instinktiv griff er von hinten um ihre Hüfte. Er konnte sich nicht richtig festhalten an dem Kunstleder. Als er zu sachte anfaßte, rutschten die Finger ab. Er wäre fast abgeworfen worden. Hastig packte er nun mit beiden Händen kräftig zu. Er versuchte, ihrem Rücken mit seinem Oberkörper nicht zu nahe zu kommen, aber Zurückhaltung konnte er sich nicht leisten. Er mußte, ob er wollte oder nicht, sein Gesicht an ihre Hüfte pressen (denn sie hatte sich tief nach vorn gebeugt).

Obwohl es nicht weit sein konnte, so schnell, wie sie vorhin zurück war, legte sie ein unbegreifliches Tempo vor.

„Etwas langsamer!" schrie er, aber sie konnte natürlich nichts hören.

Erleichternd war zumindest, daß ihn niemand sah. Seine Hände, anfangs instinktiv auf ihren Hüftknochen, wanderten langsam auf ihren Bauch und umfaßten ihn. Ihr angespannter Körper war hart und straff wie der eines Mannes.

Allmählich mußten sie in die Nähe der Stelle kommen, wo sie den Jungen abgesetzt hatte, doch sie verlangsamte nicht, sondern beschleunigte noch. Plötzlich bog sie nach links. Die Zentrifugalkraft zog die Körper nach außen, und er klammerte sich mit aller Kraft, die in seinen Armen steckte, an sie.

„Wohin fährst du?"

Er mußte einfach brüllen, auch wenn er wußte, daß sie ihn nicht hören konnte.

Sie bog zum Neuland Nr. 13 ab. Die breite Straße zog sich schwarz durch das Dunkel. Sie kam ihm viel breiter vor als sonst. Der Asphalt war direkt unter ihm.

Auf dem Neuland Nr. 13 beschleunigte sie noch einmal. Die Luft schlug ihm ins Gesicht, so daß er die Augen nicht offenhalten konnte. In seinen Ohren summte es. Jacke und Hose flatterten, als wollten sie reißen, und der Wind biß ihm in die Haut. Er preßte sein Gesicht fest an ihre Wirbelsäule. Zwischen dem Knattern des Motors und dem Windgeheul hörte er zerrissen, wie Vogelschreie, eine hohe Stimme. Lachte sie? Aber wenn doch eigentlich kein Lachen durch den Helm dringen konnte, wessen Stimme war es dann?

Er hatte keine Angst vor einem Sturz, denn sie beherrschte die schwere Maschine vollkommen. Aber mit dem ganzen Körper begriff er, daß es dieses Gefühl, der Welt unmittelbar ausgesetzt zu sein, bei einem Auto überhaupt nicht geben konnte. Zum Fürchten! Bei solch einer Geschwindigkeit müßten doch sogar die Rowdys Angst bekommen, auch wenn sie an Tempo gewöhnt waren.

Plötzlich ließ die Geschwindigkeit nach. Sie hielten an. Als er den Kopf hob, ragte vor ihm der schwarze Turm auf, der zur Lüftungsanlage des Meerestunnels gehörte. Wie im Fluge hatten sie die Straße von Nr. 13 hinter sich gelassen.

Sie stellte die Maschine quer, setzte einen Fuß auf die Fahrbahn und nahm im Sitzen den Helm ab. Und lachte aus vollem Halse. Ein hohes, heiseres Lachen, das die Luft zerriß. Shozo, der schwankend abgestiegen war, lief schräg vor ihr herum.

„Was findest du so komisch?! So rücksichtslos zu rasen! Ich bin zum ersten Mal Motorrad gefahren!"

Aber scheinbar lachte sie gar nicht über seine unglückliche Figur als Angsthase. Sie ließ auf einmal die eingeschlossene Energie heraus. Sicher die, die sich in Tokyo angestaut hatte.

Tief in der Dunkelheit hob sich der gärende Hügel aus Müll und Erde an der Mittelmole. Geballter Müll gibt Wärme ab. Kosmischer Staub schließt sich zusammen, wird zu Sternen, brennt und leuchtet. Solche abwegigen Gedanken fuhren Shozo durch den Kopf. Intuitiv erfaßte er, es gab eine unerhört große Kraft, ein seltsames Prinzip, das sein Verständnis überstieg. Auch in ihrem fast wahnsinnigen Lachen.

„Was ist denn so komisch?"

Diesmal brüllte er nicht.

„Keine Ahnung. Nach so einer Raserei muß ich einfach lachen. Obwohl ich eben gar nicht so sehr gerast bin, aus Rücksicht auf Sie . . ."

Das Neuland paßte gut zu diesem sinnlosen Lachen, fand Shozo.

Im Scheinwerferlicht zeigte sich am Straßenrand üppiges Unkraut von einem fast schockierend frischen Grün. Nur sah diese Wiese nicht so aus, als wachse sie von allein aus natürlichem Boden hervor. Vielmehr schien sie sich verzweifelt an die unfruchtbare Erde zu klammern. Auch ihr Lachen war nicht das natürliche Lachen einer jungen Frau. Eher der Schrei eines sterbenden Vogels.

„Hat's Spaß gemacht?"

Sie hatte plötzlich aufgehört zu lachen.

„Ehrlich gesagt, hatte ich Angst, aber es war ganz interessant."

„Im Winter ist es noch besser. Der ganze Körper wird steif, wieviel du auch anhast, und dann merkst du, daß in deiner Tiefe ein kleines, ein winzig kleines Feuer brennt."

Ihr Gesicht war kaum zu sehen. Nur die Oberfläche der schwarzen Lederkluft schimmerte.

„Was machst du eigentlich sonst?"

Kaum hatte er das gefragt, verhärtete sie sich.

„Was geht Sie das an? Ich bringe Sie zur Bushaltestelle, wenn Sie Angst haben. Es müßte noch einer fahren."

„Nein, ich will mit. Werde auch keine Fragen mehr stellen."

„Wirklich?"

„Wirklich!"

„Ja, so ist's besser. Es treibt Sie aus der Stadt hierher, aber Sie wissen nicht, wohin und was tun. Sie brauchen mich. Ich mag Leute wie Sie, die ihr Leben gelebt und sich verrannt haben. Kann junge Männer nicht leiden. Die reden viel daher, ohne gelebt zu haben. Kommen Sie nun mit?"

„Ja", sagte Shozo, obwohl er sich an die Warnung der Schaufensterpuppenfrau erinnerte. Was mein Unbewußtes denkt, spricht sie ohne Umschweife aus. Ich folge nicht diesem rätselhaften Mädchen. Sondern mir selbst. Meinem wirklichen Selbst.

„Also, steigen Sie auf! Ich bringe Sie an einen interessanten Ort. Sie können sich aber nicht auf halbem Weg davonmachen."

„Egal wohin!"

Innerhalb der Stadtviertel Tokyos hätte Shozo niemals so geantwortet. Diese sonderbare Erde, der Boden aus kaputten Metallrosten und einzelnen Kinderschuhen, die triste, dichte Atmosphäre, in der Verwesung und Werden sich vermengten, die mit undefinierbaren Gerüchen geschwängerte Finsternis – sie lassen mich so antworten. Der Ort, wo Abfälle zum Leben erwachen und Kräfte kreisen. Eine neue Welt, in der die Puppen vielleicht zu leben beginnen.

Sie fuhr noch schneller als zuvor. Diesmal legte Shozo gleich seine Hände auf ihren Bauch und preßte sein Gesicht an ihren Rücken. Vorhin war er nur mitgefahren, jetzt war ihm, als fahre er selbst. Bei einem Sturz würde er an sie geklammert fortgeschleudert werden. Das wäre doch nicht schlecht.

Sie fuhren nicht durch die Kraft des Motors, sondern wurden vielmehr von einer größeren angetrieben, verschmolzen mit dieser, wurden in der Bewegung zu einem Teil von ihr. Aus ihm selbst quoll sie hervor. Aber es ist nicht meine. Seltsam. Obwohl ich mich überhaupt nicht rühre, bewegt sich der Boden. Dreht sich die Erde. Die Finsternis, die sich um die Erdkugel legt, die Kraft, die sie durchzieht.

Im Handumdrehen lag das Neuland Nr. 13 hinter ihnen.

Der Himmel über Tokyo war rötlich trüb.

10

Das Motorrad überquerte die Autobahn und raste am Ufer der kleinen Bucht entlang. Als das Pflaster aufhörte, hielt es an. In der Finsternis stand der Junge mit dem Gepäck.

Die Frau parkte ihre Maschine am Straßenrand. Dann liefen sie und der Junge mit den Taschen in der Hand los. Auch Shozo nahm ein Gepäckstück. Die beiden sagten nichts. Stumm folgte ihnen Shozo auf dem schwach weißlichen Pfad durch das Gras.

Bald führte der Weg einen Hang hinauf. Oben standen sie auf einem Wall, der so etwas wie eine künstliche Insel umgab. Viel von ihr war in der Dunkelheit nicht zu sehen. Ungefähr zur Hälfte bestand sie aus freiem Feld, und dann gab es noch ein Wäldchen. Sie liefen auf dem Wall entlang. An seiner Außenseite lag unten das Meer, und dahinter schimmerte das Stadtzentrum. Der beleuchtete Tokyo-Tower funkelte. In den Fensterreihen der Hochhäuser standen gelbe Lichter.

Wie schön, dachte er. Aber dieser Anblick durchdrang ihn nicht mehr bis tief in die Seele. In seinem Körper pulsierte jetzt viel eher die Aura der Finsternis des gerade durchfahrenen Neulands. Und dieser Finsternis wuchsen zahllose, unsichtbare Wurzelhärchen hinein in die Nacht.

Beinahe hätte er die beiden aus den Augen verloren. Endlich fand er sie wieder: Sie waren am Ende des Walls abgestiegen und hielten auf das dunkle Wäldchen zu. Auf einmal ging eine Lampe an. Anscheinend hatten sie eine Taschenlampe dabei. Das Licht wanderte zwischen den Bäumen in die Tiefe. Im Wald dann war er sich nicht sicher, wohin er trat, auch wenn sich seine Augen schon an die Dunkelheit gewöhnt hatten.

Das Licht bewegte sich plötzlich nicht mehr. Der Junge leuchtete unter die Bäume, während sie in den Sträuchern wühlte.

„Was macht ihr da?!" fragte Shozo die beiden, aber die drehten sich nicht einmal nach ihm um.

„Da ist es ja." Sie zog ein sperriges Bündel aus dem Gestrüpp. „Nehmen Sie das!", sagte sie ernst, nahm dann selbst die Segeltuchtasche an sich, die Shozo bis eben getragen hatte, und ging voraus. Sie mußte oft hierher kommen, wenn sie so mit den Händen voller Taschen durch das Wäldchen laufen konnte. Das große Bündel war nicht so schwer, wie es aussah, ließ sich aber schlecht tragen, weil zwei Stangen mit in das feste Tuch eingeschlagen waren.

Der Junge leuchtete Shozo von hinten den Weg, doch als sie aus dem Wäldchen heraus waren, machte er die Lampe aus. Es gab hier eine Öffnung im Wall, so daß man ans Wasser herankam. Ein kleiner Steg ragte ins Meer. Wellen plätscherten.

An dem Steg blieben die beiden stehen. Der Junge begann flink das Bündel aufzuschnüren, das Shozo geschleppt hatte. Er sah, wie gespannt alle beide waren, und stellte schon keine Fragen mehr. Im Unterschied zu der künstlichen Bucht, die er am Abend betrachtet hatte, rauschte hier das Wasser. Wenn ein Schiff zwischen ihnen und dem Gegenufer vorüberzog, schlugen kurz darauf seltsam heftige Wellen an die Pfähle des Stegs.

Aus dem Bündel kam etwas Schwarzes, Weiches zum Vorschein. Der Junge holte eine kleine Stahlflasche aus einer Tasche und begann mit geschickten Griffen zu hantieren, ohne daß ihm die Dunkelheit etwas ausgemacht hätte. Zischend entwich Druckluft, dann blähte sich das schwarze Ding zusehends auf.

„Alles in Ordnung, ja? Geht auch nichts daneben?" fragte sie leise.

Der Junge schob das aufgeblasene große Ding ins Wasser. Es war ein Schlauchboot. Nachdem sie die Sachen hineingeworfen hatten, krochen die beiden über die herumliegenden großen Steine zum Wasserrand und stiegen hinein.

„Wie eine illegale Überfahrt . . .", scherzte Shozo, da zischte sie ihn an: „Pst! Leise!"

Das kleine Schlauchboot war randvoll mit drei Leuten und dem Gepäck. Die zwei langen Stangen waren Paddel.

„Los!"

Im Meer lag eine kleine Insel. Drei-, vierhundert Meter, vielleicht noch weiter draußen. Shozo hatte nichts von ihrer Existenz gewußt.

„Warum fahrt ihr auf diese Art?"

„Betreten verboten."

„Wenn wir dorthin wollen, sind wir erst spät nachts zurück."

„Wir kommen nicht zurück."

„Wie?!"

„Haben Sie nicht gesagt, daß Sie überall mit hingehen?"

Sie lächelte in sich hinein.

Der Junge hatte schon zu paddeln begonnen. Shozo paddelte auch. Sie kamen nur mühsam voran, schließlich handelte es sich nicht um ein Holzboot mit spitzem Bug. Das Wasser war fast klebrig schwarz und schwer. Schon bald taten ihm die Hände weh, und seine Schultern wurden steif. Er wickelte ein Taschentuch um die Hände und zog sich die Jacke aus.

„Mit Armkraft allein wird das nichts. Sie müssen mit dem Körper Schwung holen, wenn Sie das Paddel aus dem Wasser ziehen."

Zum ersten Mal machte der Junge den Mund auf. Als Shozo seinen Rat befolgte, brauchte er tatsächlich weniger Armkraft. Außerdem kamen seine Bewegungen mit dem Boot in Einklang, so daß er das Gefühl hatte, auf dem Wasser zu gleiten, statt sich hindurchzuschieben.

„Wenn ich Sie so ansehe, frage ich mich, was Sie bisher eigentlich gemacht haben im Leben. Wo Sie doch von den lebensnotwendigsten Dingen nichts zu wissen scheinen", amüsierte sie sich.

Hatte es eine halbe Stunde gedauert? Er wußte es nicht genau, weil er seine Uhr nicht sehen konnte. Endlich waren sie bis unter die Steinmauer gekommen, die die kleine Insel umgab. Unterwegs hatte die Frau den Jungen einmal am Paddel abgewechselt. Als Shozo innehielt, sagte sie rigoros: „Wir fahren rum auf die andere Seite."

Shozo war total erschöpft, ihr aber flatterte nicht einmal der Atem. Was für eine Frau war das nur? Die, die im Krankenhaus vor Schüchternheit keinen Ton gesagt hatte?

„Willst du ihn nicht ein bißchen ablösen?" fragte sie den Jungen.

„Nicht nötig, geht schon", gab Shozo starrköpfig zurück. Da meinte sie streng:

„Du mußt hier nicht den starken Mann spielen! Du bist doch schon völlig fertig!"

Plötzlich sagte sie „du"! Die Haut löste sich wirklich schon von den Händen. Das Salzwasser brannte darauf. Seine Wirbelsäule gab geradezu knarrende Geräusche von sich. Was soll mit der Firma morgen werden? durchzuckte es ihn, und da verlor er mit einem Mal vor Kraftlosigkeit die Fassung. Was habe ich hier eigentlich zu suchen?!

„Wenn du zurück willst, kannst du ja schwimmen!"

Sie klang amüsiert und spöttisch, als hätte sie seine Unruhe erraten.

„Du kannst auch nach Tokyo rüberschwimmen. Da drüben ungefähr liegt Shibaura."

Shibaura also. Vielleicht hatte die Frau in der alten Lagerhalle doch recht. Die hier dringt raffiniert bis in die Ritzen meiner Seele vor und weidet sich daran, mich zu provozieren. Aber ich kann nicht mehr zurück. Die Steinmauer war so hoch, daß sie ihm förmlich den Schädel eindrückte.

Stumm übergab Shozo dem Jungen sein Paddel. Das Boot fuhr an der Mauer entlang. Shozo ballte die schmerzenden Hände und krümmte sich.

Die Insel hatte, als sie ins Boot gestiegen waren, nur wie ein Haufen großer Felsen ausgesehen, aus der Nähe erwies sie sich als erstaunlich groß. Über der hohen, langen Steinmauer erhob sich etwas Schwarzes. Es war totenstill, doch die Finsternis lebte. Der nächtliche Himmel über Tokyo am näher gerückten anderen Ufer war sämigtrüb trotz seiner Helligkeit. Um dieses Inselchen herum war es noch dunkler als auf dem Neuland. Es machte den Anschein, als sei alle Finsternis dieser Gegend, einschließlich der von Tokyo, auf diese Insel gezogen, von ihr angesaugt worden.

Werden wir auch verschlungen? Angst beschlich Shozo. Er hatte das Gefühl, die Insel sei ein unfaßbares Lebewesen, obwohl sie doch rings von einer Steinmauer umgeben war. Ein riesiger Wal, nein, ein amorphes Monster, nur schwarzes Fleisch, ohne Kopf und ohne Schwanz. Ein einziger großer Schlund. Die Wasserfläche war ruhiger und dickflüssiger als vorhin, da sie herangepaddelt waren. Langsam, aber sicher bewegte sich das schwarze Schlauchboot vorwärts.

11

Ein richtiger Schlund, dachte Shozo.

Wie dort, wo sie abgelegt hatten, öffnete sich auch hier an einer Ecke der Insel die Steinmauer zu einem Durchgang. Aber an diesem Ufer gab es nichts, was einem Landungssteg auch nur im entferntesten geähnelt hätte, bloß Felsen und Zementbrocken. Die Öffnung war von Steinmauern gesäumt, etwa drei Meter breit und zehn Meter lang. Dahinter herrschte völliges Dunkel.

Der Zugang lag direkt in Richtung des Stadtzentrums. Gleich gegenüber sah man den Tokyo-Tower und die Lichter der Ginza. Hier mußte ungefähr die Mitte des inneren Teils der Tokyo-Bucht sein, den im Süden die Bucht-Autobahn beschnitt. Und in diesem Binnenraum existierte so ein gespenstischer Ort ...

„Träum nicht rum! Mach lieber das Boot ordentlich fest!" murrte sie, während sie die Sachen ans Land brachte. Mit einem Kunststoffseil vertaute Shozo das Boot an einem Stein. Der Junge half ihm. Dann liefen sie mit dem Gepäck in die Öffnung hinein. Unter seinen Füßen ein unsägliches Durcheinander, so daß er sich regelrecht vortasten mußte. Wenn er auftrat, zerbrach knirschend irgend etwas oder gab schwammig nach. Behältnisse aus Styropor oder Vinyl, offenbar Treibgut, waren weit in diesen Schlund hineingeschwemmt. In weißlichen Haufen überzogen die Hüllen von Fertignahrung den Grund der Dunkelheit. Immer wieder zertrat er auch kleine Dinge, die sich wie Muschelschalen anfühlten.

Als sie herauskamen, standen sie plötzlich vor einem Wald. Nirgendwo ein Weg. Nur Baumstämme mit wild wachsenden Ästen reihten sich dicht wie eine Wand, und üppig wucherndes Blattwerk umfing die bodenlose Finsternis.

Der Lichtschimmer des Tokyoter Nachthimmels, der ihnen bisher schwach den Weg geleuchtet hatte, richtete hier überhaupt nichts mehr aus. Der hohe Steinwall ringsum hielt jeden Luftzug ab. Und das war eigentlich auch keine Luft, das war eine intensive, schwere, schwüle Mischung aus penetranten Pflanzengerüchen und aromatischen Düften, dazwischen der Geruch tropfenden Harzes, die Gase faulenden Laubes und die Ausdünstungen des Unterholzes.

„Kann ich Licht machen?"

Noch nicht, bekam der Junge zur Antwort.

Shozo mußte ihre Taschen nehmen. Sie ging voran und bahnte einen Weg durch das Dickicht. Hinter ihr der Junge und nach ihm Shozo, mit eingezogenen Schultern, beide Taschen vor dem Kopf, um die Augen zu schützen. Er konnte nur hören, wie sie sich durch das Gestrüpp zwängte und Zweige brach. Auf der Erde moderte Laub von Jahrzehnten, beim Auftreten so weich wie ein Haufen Reiskleie. Die Zweige, die der Junge zerteilte, bogen sich und schlugen gegen Shozos Körper.

„Jetzt", sagte sie. Der Junge knipste die Taschenlampe an. Der Rücken ihrer Jacke leuchtete auf, herabhängende

Schlingpflanzen traten ans Licht, die nach ihr zu greifen schienen, und große gezackte Blätter subtropischer Gewächse, viele schon welk an den Enden. Die Schlingpflanzen krochen von den Baumwurzeln aus über den Boden.

„Das ist ja ein richtiger Urwald!"

„Gerade deshalb gut."

„Und sowas vor Tokyos Nasenspitze . . ."

Mit der Taschenlampe konnten sie einen Spalt im dichten Spalier der Baumstämme finden. Wenn man nur ein wenig den Kopf hob, streifte gleich herunterhängendes Blattwerk übers Gesicht, rieselte irgendwelches Zeug herab, Staub oder tote Insekten. Plötzlich tauchte im Licht ein halb umgestürzter toter Baumstamm auf. Seine morsche Rinde wirkte wie die Haut einer Mumie.

„Wir sind doch richtig, oder?" fragte sie, ohne sich umzudrehen. Der Junge antwortete:

„Etwas weiter nach links."

Shozo konnte sich überhaupt nicht orientieren. Er staunte über den Jungen. Kein bißchen aufgeregt. So gelassen, als liefe er bei Stromausfall durch seine eigene Wohnung.

„Keine Angst?" fragte Shozo beklommen. Der Junge war verwundert: „Wovor?"

Ganz dicht vor, neben und über ihnen Blätter, Äste und unterschiedlichste Lianen. Im Licht der Taschenlampe flatterte gemächlich ein großer, roter Falter.

Der Junge drehte sich zu ihm um und sagte kühl:

„Vorsicht vor Schlangen! Hier gibt's Giftschlangen. Die sind von einem Schiff mit Lauan-Holz aus Borneo entwischt."

Seine Nase hatte sich mittlerweile an die Umgebung

gewöhnt, aber nun wurde seine Haut immer empfindlicher. Nicht allein das Übereinander der Äste und Ranken übertrug sich auf ihn, sondern auch der Atem ihres langsamen, ineinander verschlungenen Wachsens. Im Humus wimmelte es von unzähligem Getier und Mikroben. Weiße, quabblige, lange Würmer fraßen am Mark des toten Baums. Irgendwo mußten auch die Giftschlangen sein. Sich paarende Schnecken fielen raschelnd von oben herab. Es pulsierte im Wald, es atmete in der Finsternis.

Ins Licht vor seinen Füßen gerieten Reste vermoderter Pfähle und Bretter, eindeutig von Menschenhand, und auch ein paar Dachziegel.

„Vorsicht! An solchen Stellen sind die Schlangen."

„Was ist denn das?! Doch nicht etwa die Reste eines Hauses?"

„Ja, von vor hundert Jahren."

„Vor hundert Jahren?!"

Der Junge erwiderte: „Wußten Sie das nicht? Hier gab es eine Festung. Das ist doch die Ruine des Kanonen-Forts, das die Tokugawa-Regierung in aller Eile errichtete, als die schwarzen Schiffe Perrys kamen. Das sind wahrscheinlich die Reste eines Wachhäuschens von damals."

„Du kennst dich aber gut aus."

„Du weißt nur zuwenig."

Jetzt sprach sie.

„Die Kinder von heute wissen hundertmal mehr als jemand wie du. Auch wenn sie keine Bücher lesen . . ."

„Wir sind gleich da", sagte der Junge, als könnte er etwas sehen. Shozo sah nichts, nur das Dickicht der Bäume. Sie waren mitten in einem totalen Dickicht. Wahrscheinlich fände er nie bis zu der Öffnung im Wall, wenn man ihn allein zurückschicken würde.

Doch er bereute nichts. Und noch weniger war er verzweifelt. Eine intensive, stark riechende Lebenskraft drang aus den Bäumen ringsum langsam durch die Poren seiner Haut und durchzog seinen Körper.

Irgend etwas ist geschmolzen. Ein seltsames Gefühl, fast wie jenes, das kurz aufblitzte, als sie über das Gelände Nr. 13 gerast waren. Das Gefühl, daß das von außen Einsickernde und das aus seinem tiefsten Innern Hervorströmende miteinander verschmolzen. Die hellsichtige Ahnung, daß das ein und dasselbe war, und dabei ganz dünnhäutig zu werden. Sich bis zum Grund seines Körpers berauschter zu fühlen als im stärksten Suff. Ohne unangenehme Übelkeit, eher wie ein unbeherrschbares, fast betäubendes Wogen. Im Schein der Taschenlampe sah er, wie sich ihre Hüften durch das finstere Dikkicht bewegten.

„Ist das nicht spannend?" fragte der Junge aufgekratzt. Anfangs schweigsam wie ein Taubstummer lebte er zusehends auf, je weiter sie ins Innere der Insel kamen, und wurde so munter, als sei er wieder zum Leben erwacht.

„Die mit großem Aufwand errichtete Festung wurde nicht ein einziges Mal benutzt. Und sie wird als letztes von Tokyo übrig bleiben."

„Wie meinst du das?"

Shozo hörte dem Jungen mittlerweile ernsthaft zu. Aber bevor dieser antworten konnte, rief sie, jetzt auch sichtlich erleichtert:

„Wir sind endlich da!" Und dann klagte sie: „Ich hab' mir die Wange aufgerissen, an einem Ast. Es blutet, seht mal."

Der Junge richtete die Taschenlampe auf ihr Gesicht. Ihr Haar, das sie inzwischen mit einem weißen Band zusammengebunden hatte, war voller Schmutz. An ihrer Stirn klebte ein Spinnwebfetzen mit kleinen Blättern darin. Die starke Schminke auf Brauen, Augen und Lippen war schreiend grell, wie Tünche in Grundfarben. Und aus der einen Wange traten zwei, drei Blutrinnsale, sammelten sich am Kinn und tropften ihr vorn auf die Jacke. Fast schwarz sah das Blut aus in dem dumpfen gelblichen Licht.

Der Junge wühlte in der Segeltuchtasche, die er über der Schulter gehabt hatte, holte irgendeine Salbe heraus, ging auf sie zu und sagte: „Bück dich!" Er wollte ihr erst einmal mit dem Taschentuch das Blut abwischen. Aber sobald er es weggewischt hatte, quoll wieder neues hervor. Das Taschentuch wurde triefend schwarz. Da gab er ihr die Taschenlampe. Und plötzlich saugte er ihr die Wunde aus. Sie hockte vor ihm und leuchtete sich ins Gesicht. Ihre geschlossenen Lider zitterten nicht. Schließlich schmierte der Junge Salbe aus der Tube auf die Stelle und klebte ein Pflaster darüber. Das Blut spuckte er nicht aus, offenbar hatte er es einfach runtergeschluckt.

Shozo sah zu. Warum schlug sein Herz jetzt so stark? Das Blut tropfte zäh wie dicker Pflanzensaft aus ihrem Gesicht und ergoß sich über die Äste, Stämme, Lianen und Wurzeln ringsum, um über den Körper des Jungen in den Humus zurückzukehren. Langsam stieg ein Druck in seinem Körper hoch, hinten im Hals wurde ihm heiß. Sie hockte weiter mit geschlossenen Augen da und schien auch eine Zeitlang abwesend.

Nur der Junge blieb gleichmütig. Nachdem er die Salbe in der Tasche verstaut hatte, nahm er sich die Taschenlampe wieder und leuchtete behutsam die Umgebung ab.

Der Wald lichtete sich, und vor ihnen lag der Wall.

Auch hier, an diesem steilen Abhang wanden sich dicke Schlingpflanzen ineinander, aber mittendrin konnte Shozo eine Höhle erkennen. Darauf richtete der Junge seine Lampe. Es war keine Höhle, sondern eine Hütte aus Steinwänden, den gleichen eckigen Steinen, aus denen auch die Mauer bestand, und einer breiten, massiven Felsplatte als Decke. Die Deckplatte hatte in der Mitte Risse durch das Gewicht des Erdwalls und den Druck der Baumwurzeln von oben, aber sie war so hoch, daß ein Erwachsener bequem darunter stehen konnte. Das Innere zog sich etwas weiter in die Tiefe. Der Boden war dick mit Heu bedeckt.

„Wie letztes Jahr!" jubelte der Junge.

„Na klar, war ja auch niemand hier."

Sie war genauso aufgeregt.

Der Junge wollte in die Steinhütte stürmen, blieb aber vor dem Eingang stehen.

„Sie scheint da zu sein."

Seine Stimme hüpfte vor Freude. Er stellte die Segeltuchtasche auf den Boden, näherte sich lautlos der Hütte und stöberte mit der Hand sacht in einem Heuhaufen in der Ecke. Im Schein der Taschenlampe glitt eine dunkle Schlange daraus hervor. Als Shozo erstarrte, lachte die Frau.

„Das ist eine alte Freundin von uns. Nicht giftig!"

Gemächlich glitt die weit über einen Meter lange Schlange über das Heu. Ihre funkelnde Haut hatte ein schönes Maschenmuster. Unbekümmert kroch sie an Shozo und der Frau vorbei. Sie zeigte sich nicht einmal erstaunt, als die Frau sich niederhockte und ihr mit der Hand über den Rücken strich. Und dann verschwand sie langsam zwischen den Bäumen.

„Sie scheint größer geworden zu sein."

„Sie hat sich gehäutet."

Mit spitzen Fingern zog der Junge eine Schlangenhaut aus dem Heu. Eine säuberlich abgelegte, gelbliche, durchscheinende Hülle.

„Sie hat für uns Wache gehalten."

Er klemmte ein Ende der Haut zwischen die Mauersteine, so daß sie herabhing. Dann setzte er sich auf das Heu, umschlang seine Knie und sagte:

„Ist doch gemütlich hier ..."

Shozo fiel das Schaufensterpanorama der Puppenfrau im Geschäftsviertel ein und der Junge darin, der aus dem Fenster in den Nachthimmel flog.

„Wenn man hier leben könnte ... Freunde gibt's genug."

Neben dem Jungen im Heu bekam auch Shozo langsam so ein Gefühl. Die Steinwände wirkten solide, und den schweren Geruch des Waldes nahm er schon gar nicht mehr so sehr wahr. Vielmehr verstand seine Haut, daß eine intensive Aura zwischen den Bäumen und in der ganzen Finsternis langsam um sich griff und sanft atmete.

Obwohl sie sich genau zwischen den Stadtvierteln Tokyos und dem Neuland befinden mußten, war ihm, als sei er an einen sehr tiefen Ort hinabgestiegen. Auf den Grund des Strudels, den die zwischen beiden wirbelnden unsichtbaren Kräfte bildeten. Während ganz Tokyo Abfälle hervorbrachte, die auf dem Neuland verwesten, war hier eine blindlings wuchernde Kraft am Werke.

„Mit der Zeit wird Tokyo unbewohnbar werden", meinte der Junge, als rede er vom Wetter.

„Wieso?"

„Keine Ahnung. Es wird veröden."

„Meinst du, daß es zerstört wird, durch Erdbeben oder Kriege?"

„Nein, wahrscheinlich durch etwas anderes. Es wird noch mehr Hochhäuser geben als jetzt. Sehr stattlich und schön. Funkelnd. Aber da wird nichts weiter sein. Sich nichts bewegen. Also, es gibt doch diese Souvenirs aus Glas, mit Meeresgrund oder einer Miniaturlandschaft darin. So ungefähr."

„Und wann wird das so sein?"

„Weiß nicht. Kann's nämlich nur sehen."

„Sehen?"

„Ja."

„Er kann anscheinend alles mögliche sehen und hören, ist aber alles Unsinn. Also, Schluß damit. Ich habe jetzt Hunger."

Damit brach sie das Thema ab und holte Konserven und Essenspakete aus der Tasche. Sie aßen einfach von Papptellern. Danach ging der Junge nach draußen und begann dem Himmel zuzuwinken.

Vor der Hütte war das Gehölz etwas lichter, so daß der Himmel durchschaute. Shozo, der neben ihm hinaufblickte, konnte nichts sehen.

„Was machst du denn da? Da ist doch gar nichts!"

Genau in dem Moment huschten einige kleine schwarze Schatten wie ein Windstoß über sie hinweg und flogen zum Himmel hoch.

„Das sind Fledermäuse. Sie wissen, daß ich hier bin."

Shozo konnte keine Fledermäuse erkennen, merkte aber, daß einige der Sterne plötzlich verschwanden und wieder auftauchten. Am Nachthimmel flog tatsächlich etwas wild durcheinander. Der Junge winkte wie wild mit beiden Händen weiter.

„Hier gibt's alle möglichen Tiere, was?"

„Vögel, Mäuse, Eidechsen und auch eine Menge Insekten. Die, die nicht fliegen können, kommen angeschwommen. Hören Sie mal genau hin! Drinnen im Wald bewegt sich alles. Viele sind nachtaktiv."

Der Junge neigte ein wenig den Kopf zum Wald hin.

„Und unsichtbare Lebewesen gibt es noch viel mehr. Humus ist ja keine Erde, sondern sozusagen eine Masse aus Pilzen und Bakterien. In einer Handvoll sind hundert Millionen Mikroben."

„Die kannst du auch sehen?"

„Nur undeutlich."

Shozo hatte von so etwas noch nie gehört.

„Ich habe mich schon gewundert, daß die Bäume so abenteuerlich wachsen ..."

„Die Bäume sind nur ein Teil davon."

Shozo wollte so ruhig wie der Junge werden. Er versuchte es, aber er wurde dabei nur noch aufgeregter und verwirrter, doch zwischendurch spürte er plötzlich, wie erfüllt die Umgebung war von heimlichem Gewimmel und Gewisper, Gezitter und Geschleim, wie die Finsternis selbst lebte.

„Zehntausende Zellen leben in unserem Körper, oder?"

„Nein, über zehn Billionen!" rief der Junge wie aus der Pistole geschossen.

Das Gewimmel kam nicht nur von außen, sondern auch von innen, und nicht aus der Seele, sondern aus Bauch, Armen und Beinen, allen inneren Organen, aus allem Fleisch und allen Körpersäften. Unheimlich dieses Gefühl, daß sein Selbst, diese Trennwand, porig wird und weich, sich auflöst und ausfließt. Ich vergehe ...

Alles an ihm begann im Einklang mit dem äußeren Gewimmel zu atmen. Zum ersten Mal geschah das bewußt, und es war eine berauschende Erfahrung.

Sie saßen jetzt ohne Licht zu dritt in der Hütte auf dem Heu und redeten. Manchmal schwiegen sie auch, aber dieses Schweigen hatte nichts Beklemmendes.

Der Junge war bald in seinem Schlafsack verschwunden und friedlich eingeschlummert. Es zog sie in den Wald hinein. Als sie sich im Dunkel unter den großen Bäumen liebten, war ihm, als sei er nicht einfach nur mit einer Frau zusammen. Ihm war, als verschmelze er mit etwas ganz Großem, nicht nur an den Stellen, die sich berührten, sondern mit allem, was er war.

Sie sagten nichts. Sie brauchten nichts zu sagen. Die ruhig rinnenden Säfte in den Bäumen und Blättern kreisten auch in ihnen, und der heiße Atem der unendlich vielen kleinen Lebewesen, die in der Erde unter ihren Körpern durcheinanderwimmelten, war auch ihr Atem.

In diesem Rhythmus, in dem sich alles langsam strömend ineinanderschlang, flackerte es in ihnen genau wie in der Finsternis: ohne Bewußtsein, ohne Keuchen, ohne Laut und ohne Zeit.

Nur einmal war es Shozo, als hörte er direkt neben sich leise die Schlange vorbeigleiten.

12

Shozo wurde von Vogelstimmen geweckt. Entsetzlichen Stimmen. Kein Zwitschern, sondern Schreie. Ein heiseres Gekreisch von Hunderten von Vögeln.

Es war schon Morgen, aber in der Steinhütte und im Wald nistete noch hellblau die Nacht. Der Junge lag friedlich in seinem Schlafsack. Sie schlief, in eine dünne Decke gerollt, mit dem Gesicht zum Hütteninnern.

Shozo drehte sich im Heu noch einmal auf die andere Seite, aber die Vogelschreie wurden immer stärker. Die beiden waren anscheinend schon daran gewöhnt, daß sie sich nicht einmal bewegten im Schlaf. Shozo stand leise auf und ging hinaus.

Im Morgenlicht sah er den Wald nun zum ersten Mal richtig. Er wucherte noch wilder und ungeheuerlicher, als Shozo im Dunkeln wahrgenommen hatte. Es gab alle möglichen Bäume, aber er kannte sich nicht aus damit, sogar tropische Gewächse, Palmen ähnlich, mit großen, weit ausladenden Blättern. Erstaunlich viele Bäume waren zerquetscht, verborgen und verwachsen, starben ab, waren morsch umgestürzt oder vermoderten bereits. Keine menschliche Hand hatte in diesen heftigen Überlebenskampf der Pflanzen eingegriffen.

Trotz des Walls rundherum war die Morgenluft empfindlich kühl. Shozo stellte den Jackenkragen auf und kletterte den Hang neben der Hütte hoch, der nur spärlich mit Sträuchern bestanden war. Der grobe Boden rutschte ihm unter den Füßen weg. Er hielt sich an den Lianen am Boden fest.

Das Geschrei war so laut, daß Shozo die Vögel auf Bäumen gleich in der Nähe vermutet hatte, aber das war falsch. Von oben sah er, daß sich der Wald nur um die Hütte herum etwas lichtete.

Von dort, von ziemlich fern kamen die Stimmen. Die Vögel kreischten in den Bäumen und auch darüber im Flug. Große, weiße Vögel. Sicherlich Reiher, dachte er. Ein ganzer Schwarm von ihnen überzog mit gestreckten Schnäbeln und Beinen fast den ganzen Himmel dort.

Shozo konnte sich nicht erklären, warum sie so schrien, auch nicht, ob das irgendwie ungewöhnlich war. Jedenfalls schallten ihre Schreie unheilvoll über die ganze Insel. Als säße ihnen allen eine entsetzliche Angst im Nacken.

Diese Stimmen gellten ihm stärker noch als in der Hütte in den Ohren. Er sah, wie sich die Vögel in großer Verwirrung bald auf den Bäumen niederließen, bald wieder abhoben, und ihre Angst übertrug sich auf ihn. Er wollte in ihre Nähe kommen, aber auf der Böschung herrschte ein undurchdringliches Dickicht von Bäumen und Schlingpflanzen.

Genau zwischen den Bäumen, über denen der Reiherschwarm kreiste, waren die Spitzen der Bürohäuser im Stadtzentrum zu sehen. Sie ragten aus dem Morgendunst wie weiße Grabsteine.

Wie soll ich Bescheid sagen, daß ich nicht zur Arbeit

komme, ging es Shozo durch den Kopf, aber richtig Sorgen machte er sich zu seinem eigenen Erstaunen nicht. Es war ihm nicht egal, nur kam es ihm etwas unrealistisch vor, jetzt daran zu denken.

Wenn sie bis zum Nachmittag immer noch keine Nachricht von ihm haben, wird sicher einer der jüngeren Kollegen zaghaft bei ihm zu Hause anrufen. Das Telefon auf dem Vertiko in seinem Wohnzimmer würde nicht aufhören zu läuten. Shozo mußte lächeln. Was sie wohl reden werden? „Er hat doch noch nie unentschuldigt gefehlt!" „Etwa eine Herzlähmung?!" „Seine Generation ist nicht so stark, wie sie aussieht, die sterben ganz plötzlich weg. Bei denen sind ja auch die wichtigsten Organe nicht richtig entwickelt, wo sie doch in der Nachkriegszeit aufgewachsen sind und unterernährt waren." Das Gerede seiner Kollegen war ihm sehr fern, nur noch wie eine andere Welt jenseits dieses von Reihergeschrei erfüllten Morgennebels.

Ihm fiel ein, daß der Junge gesagt hatte, er könne sehen, wie Tokyo schon veröde. Vielleicht meinte er weniger, daß die Menschen verschwinden, sondern daß sie durchscheinend werden. Zwischen den Betonhochhäusern nur noch unsichtbare Wellen und Informationen kreuzen . . .

Als er sich umdrehte, hatte das Wasser, über das sie letzte Nacht heimlich gekommen waren, sanft zu glitzern begonnen. Die Festung war zu sehen, auch von Steinmauer und Wall umschlossen (aber weitaus größer als hier), und dahinter das hellblaue, weite Neuland Nr. 13.

Dort drüben habe ich mich letzte Nacht beim Fahren an ihrer Hüfte festgehalten, habe mich über das Fata-Morgana-Schiff gewundert, als ich das erste Mal einsam dort herumgewandert bin, und ich war da draußen auf dem Müllentladeplatz ... Es schien ihm alles schon lange her. Das öde künstliche Land hat mich immer besessener gemacht, kein Wunder, daß es mich jetzt hierher verschlagen hat, dachte Shozo kühl. Vielleicht kann ich schon nicht mehr weg.

Als er den Wall hinuntergestiegen und wieder in der Hütte war, schliefen die beiden immer noch. Leise legte er sich hin. Hier müssen die Kanonenkugeln gelagert worden sein, merkte er. In den Überresten eines Munitionslagers zu schlafen ...! Lächelnd schloß er die Augen.

Die Stimmen der Reiher wurden schwächer.

Als Shozo wieder die Augen öffnete, waren die beiden schon auf.

Sie machte Essen auf einem Spirituskocher, während der Junge in einem Gehölz in der Nähe hockte und im Boden herumstocherte. Die Sonne, schon hoch am Himmel, schien zwischen den Blättern und Zweigen hindurch und malte helle Fleckenmuster auf die Erde und den Kinderrücken. Das unheilvolle Geschrei der Reiher war nicht mehr zu hören. Statt dessen flatterten kleine Vögel durch den Wald.

Shozo blieb im Heu liegen, hörte dem Gezwitscher eine Weile zu, blickte in das Licht, das durch die Bäume fiel, und beobachtete die beiden von hinten. Soweit er sich erinnern konnte, hatte er seit Jahren nicht mehr so tief geschlafen, trotz der eigentlich widrigen Umstände. Körper und Geist waren frisch und ausgeruht. Auch daß ihm beim Aufwachen jemand das Essen machte, tat gut. Das hatte er lange nicht mehr erlebt.

Er stand auf, klopfte sich das Heu ab und sagte:

„Oh, habe ich gut geschlafen! Obwohl ich gegen Morgen einmal aufgewacht bin, weil die Vögel solchen Krach gemacht haben."

Eine selbstverständliche Zärtlichkeit war in ihm.

„Du kommst gerade richtig. Laß uns essen!" sagte sie über den Kocher gebeugt. Dann rief sie den Jungen. Shozo wunderte sich über ihre Stimme. Heiser und hoch wie immer, aber nicht mehr so unheimlich klangvoll und kräftig wie gestern nacht, sondern nur noch brüchig und schwach wie die einer Fremden. Ihm fiel ein, daß er sie ja noch nie bei Tageslicht gesehen hatte.

Er hockte sich neben sie und sagte, möglichst ohne sie anzusehen:

„Dir geht's wohl nicht so gut. Konntest du nicht schlafen?"

„Der geht's tagsüber nie gut. Nachtaktiv!" meinte der Junge völlig ernst.

Shozo zupfte ihr das Heu aus dem Haar und vom Rükken.

Sie sagte nur leise: „Danke."

Auch beim Essen versuchte sie, seinem Blick auszuweichen. Vielleicht, weil sie nicht richtig geschminkt ist, redete er sich ein. Sie mag ja grelles, sorgfältiges Makeup.

Sie hatte ihr Gesicht nicht aufgebessert. Lippenstift und Augenschminke waren immer noch verschmiert. Sie sah sehr blaß aus. Es gab sowieso kein Wasser zum Waschen. Ihre äußere Erscheinung war ihm in dieser besonderen Lage wirklich nicht so wichtig, aber daß alle Lebenskraft aus ihr entwich, beunruhigte ihn schon sehr.

„Alles in Ordnung?"

„Ja", versuchte sie ein Lächeln, aber es gelang ihr nicht. Er konnte sogar sehen, wie ihre Wangen zuckten.

„Heute früh, als mich die Vogelstimmen geweckt haben, bin ich den Wall raufgeklettert, und da hat in den Bäumen gegenüber ein Schwarm Reiher geschrien. Was ist denn da?" fragte Shozo den Jungen.

„Das sind nicht nur Reiher, sondern auch Möwen. Aber bis dorthin bin ich noch nicht gekommen. Wenn sie so laut waren, dann war da vielleicht eine Schlange, die ihre Eier wollte."

Der Junge hielt die Plastikgabel in seiner Hand still und sah aus, als ob er sich konzentriere.

„Da muß irgendwas Schlimmes sein. Ich fühle etwas ganz Komisches dahinten."

Er machte ein besorgtes Gesicht.

„Ich kann es noch nicht richtig sehen. Wollen wir mal hingehen?"

„Wir können ja sowieso nicht weg von hier, bis es dunkel wird", antwortete ihm Shozo und sagte dann zu ihr:

„Du ruhst dich am besten aus, dir geht's ja nicht so gut."

Doch sie gab eigensinnig zurück:

„Ich komme mit. Ich bin auch unruhig! Ich will nicht allein bleiben!"

In ihrer Stimme und ihrem Gesichtsausdruck war eine Spannung, als ringe sie mit sich, als flatterten ihre Nerven heftig. Und wieder kam sie Shozo ganz anders vor als die Frau der vergangenen Nacht.

Nachdem sie das Geschirr gespült und weggepackt hatten, gingen sie zu dritt los. Sie mußten sich nicht vortasten wie letzte Nacht. Die Äste und Blätter über ihnen, die ihm in der Nacht wie ein dichter Schirm erschienen waren, traten hier und da auseinander und ließen die Sonne durch. Es gab viel Bambusgras. Vor ihren Füßen huschten Eidechsen davon, und Würmer verschwanden überstürzt im Humus. Die stickige Luft war voller Gas.

Shozo nahm einfach ihre Hand. Sie griff nach und nach fester zu, als klammere sie sich an ihn. Einmal stolperte sie fast über eine Schlingpflanze, da hielt er sie von hinten fest. Aber ihre Schultern fühlten sich ganz anders an als in der Dunkelheit. Langsam fragte sich Shozo, ob es nicht ein Traum gewesen war. Das seltsame Gefühl, wie sie beide mit den Pflanzensäften und der Lebenskraft der ganzen Insel verschmolzen waren.

Ihre Hand begann zu schwitzen, war aber trotzdem kalt.

Sie kamen an einen hohen, absterbenden Baum. In seinem Stamm war ein großes Loch.

„Hier schlafen tagsüber die Fledermäuse", flüsterte der Junge.

Bald darauf betraten sie eine verhältnismäßig weite Lichtung. Die Sonne brannte. Alles war übersät mit umgestürztem, vermoderndem Holz. Kein natürliches, sondern von Menschen bearbeitetes. Pfähle und Bretter, gerade noch als solche zu erkennen, die sich in Haufen braunen Holzmehls verwandelten. Hier und da Dachziegel. Es waren die Reste eines ziemlich großen Hauses, das offensichtlich nicht abgerissen worden, sondern von selbst zusammengestürzt und verwittert war.

Trotz des hellen Sonnenlichts war die Ruine düster und totenstill. Die drei standen stumm davor. Kreuz und quer zu Boden gefallene Pfähle und Bretter moderten vor sich hin. Auf ihnen wuchsen braune und weiße Pilze. Insekten schwirrten durch die Luft. Nur die sonst unverwüstlichen Schlingpflanzen kletterten nicht auf das Holz.

Shozo schauderte, als sehe er etwas, was er nicht sehen sollte. Einen Ort, an dem Menschenwerk in aller Stille verfiel. Das war etwas anderes als das natürliche Sterben stehender Bäume. Er erinnerte sich an den Mädchensportschuh auf dem Müllentladeplatz. Wenn man zusehen könnte, wie dieser rote Schuh zehn Meter unter der Erde verweste und zerfiel, man würde dasselbe fühlen.

In diesem Haus hatte bestimmt die Besatzung des Forts gewohnt. Bisher hatte er sich nicht im geringsten für diese Festung interessiert, aber nun drängte sich ihm die Angst der Samurai vor den schwarzen Schiffen aus diesem Bretterhaufen auf. Er konnte sich nicht vorstellen, was das für Männer gewesen waren. Die Balken aber verwandelten sich nun in bröckeliges Holzmehl, den Pilzen und Würmern zum Fraß, und sie verströmten Geschichten. Noch zehn Jahre, dann waren sie vermodert und auch ihre Geschichten tot.

Im Dunkeln hatte er noch gedacht, das sei eine Insel voller Lebenskraft, doch auch hier wirkten unaufhaltsam die unauffälligen Kräfte der Zersetzung. Eigentlich war auch das hier eine künstliche Insel, ein kleines Neuland. In der Öffnung des Walls, wo sie angelegt hatten, waren sie doch auf Berge von Styropor und Plastik gestoßen.

Shozo beobachtete verstohlen die Frau neben sich. In der Nacht stark und frisch wie ein schwarzer Wind und nun welk wie ein Pilz in der Sonne.

„Gehen wir weiter!" drängte Shozo die beiden und lief los. Er wußte nicht, was die anderen dort eben gefühlt hatten, und wagte auch nicht, sie zu fragen, aber zweifellos hatten auch sie etwas gefühlt. Denn die Frau faßte Shozos Hand fester an, und der Junge guckte nicht mehr in die Löcher der morschen Bäume.

Schweigend liefen sie durch den Wald, der nun wieder dämmrig war.

„Ich habe irgendwie Angst", murmelte der Junge vor sich hin. „Da taucht etwas auf, was ich nicht verstehe."

Shozo sah nur die dichten Äste und Blätter, durch die das Sonnenlicht hindurchflimmerte.

„Gehen wir!" sagte sie kurz und bestimmt. Während der Junge Angst bekam, beschleunigte sie ihre Schritte und zog Shozo dabei an der Hand kräftig hinter sich her. Als ob sie gerufen, von etwas angezogen würde.

Der Boden unter ihren Füßen war nun nicht mehr weicher, feuchter Humus, sondern trocken und grob. Statt der dicht belaubten Bäume mit den dicken Stämmen gab es nun mehr und mehr dürre mit langen, spärlich belaubten Zweigen. Sie waren auf der Böschung des Walls.

Als er aufschaute, sah er oben hohe Bäume, in denen Reiher saßen und mit den Flügeln schlugen. Einige zogen auch am Himmel ihre Kreise, aber es waren viel weniger als am Morgen, und sie kreischten nicht.

„Der Schwarm ist bestimmt auf Futtersuche, und der Rest ist ruhig. Es scheint nichts passiert zu sein. Vielleicht habe ich mich geirrt", meinte Shozo enttäuscht.

Doch der Junge zitterte unübersehbar, und sie hatte Shozos Hand losgelassen und stand vor innerer Anspannung wie angewurzelt.

Die Bäume am Hang mit dem schütteren Geäst waren von weit ausgreifenden, gierigen Lianen wie von einem Netz umstrickt.

Da schwankte neben ihnen heftig ein Baum. Instinktiv schauten sie hinauf. Ein Stück über ihren Köpfen hatte sich in dem Netz aus dünnen Zweigen und

„Ich habe zwar verschwommen eine Menge hängender, weißer Dinge gesehen, aber daß es Vögel sind, hätte ich nicht gedacht. Dabei hatte ich so ein bedrückendes, schreckliches Gefühl . . ." sagte der Junge zaghaft.

„Los, wir zerschneiden das Nylon und begraben sie alle!"

„Das ist nicht so einfach. Es sind zu viele. Und wir kommen mit den Händen nicht ran", antwortete Shozo. Er hatte auch das Gefühl, sie sollten es besser so lassen, wie es war. Das darf man nicht verstecken. Zumindest wir drei sollten uns das weiter ansehen müssen, hörte er es wie eine Stimme aus der Umgebung.

Der Wald der Lebenskraft – in Wirklichkeit eine Todesinsel. Sie hatte ihn mit ihrem Motorrad und dem Schlauchboot nicht auf eine üppig wachsende, wimmelnde, verschlungen atmende Trauminsel der Tiere gebracht. Es war eine neue Natur, die schon tief in sich Erdöl, Eisen, Beton, Styropor und Vinyl trug.

Shozo reckte seinen Arm, so hoch er konnte, und zog kräftig am Ende einer Nylonsehne, die von einer völlig darin verwickelten Möwe herunterhing. Ihr Körper schwankte wie ein ausgewrungener, hart getrockneter Schmutzlappen, und das ganze Geäst schwankte mit, selbst unglaublich weit entfernte Zweige. Die Sehne war furchtbar lang und schnitt Shozo nur in die Finger, ohne zu reißen, wie stark er auch daran zog.

Da hörten sie tief aus dem verfitzten Gestrüpp eine beunruhigende Stimme. Weniger eine Stimme als vielmehr einen gepreßten, kehligen Laut. Es klang schaurig, wie ein schrilles Lachen, wie ein heftiges Schluchzen, wie von einem Menschen, wie von einem Vogel.

Shozo und der Junge kämpften sich schnell durch die

Zweige. An einer halbdunklen Stelle im Dickicht, wo die Zweige und Lianen sich noch wilder als sonst ineinanderverschlangen, stand sie. Gleich über ihrem Kopf hing bebend ein schöner Reiher mit halb geöffneten Schwingen.

Die Finger gespreizt und die Handflächen nach unten gekehrt, schwenkte sie ihre Arme wie Flügel und schaukelte mit dem Oberkörper vor und zurück. Ihr Haar war wirr, das Band verrutscht. Trockene Blattfetzen hingen darin, auf der Schulter ihrer Lederjacke glitzerten dünne Spinnweben, ihre Halbstiefel waren völlig verstaubt. Shozo und der Junge starrten sie fassungslos an.

In den Bäumen auf dem Wall begannen die Reiher wieder zu kreischen. Die Sonne stand im Zenit und strahlte, doch um die Frau herum lag ein Schein, der das Licht abhielt. Ihre Bewegungen wurden allmählich schneller und heftiger. Die Schminke lief ihr übers Gesicht. Ihr Blick war zwar nicht unbedingt starr und verkrampft, aber die beiden nahm sie eindeutig nicht wahr.

Sie schrie und krächzte dumpf. Kaum hatte sie das Gesicht in heftigem Schmerz verzogen, nahm sie schon mit halb geschlossenen Augen einen verträumten Ausdruck an, dann plötzlich stieß sie mit leuchtenden Augen ein scharfes Zischen durch die Zähne.

Im tiefsten Dickicht, nicht einmal einen Meter von dem toten Reiher entfernt, hing ein wie ein Suppenschälchen geformtes Nest mit zwei bläulichen, schönen Eiern darin, etwas kleiner als Hühnereier.

Shozo zitterte.

„Passiert deiner Schwester so etwas . . .", wollte er den Jungen leise fragen, aber der fiel ihm ins Wort:

„Ist nicht meine Schwester."

„Nein?"

„Sie ist meine Schwester, aber nicht meine richtige."

„Hast du noch eine richtige?"

Das blasse Gesicht des Jungen zuckte.

„Nein, nur die hier", antwortete er einsilbig, ging dann auf das Nest zu und nahm ein Ei heraus. Aber mit einem kurzen Aufschrei legte er es gleich wieder zurück.

„Kalt, eiskalt! Auch die Eier sind tot."

Die Frau verstummte. Ihre Bewegungen wurden schwerfälliger. Dann knickte sie in den Knien ein, als würde sie zusammenklappen, ließ die Arme herunter und sank langsam um.

13

Man konnte sie nirgends hinlegen. Überall standen Sträucher – Forsythien, Oleander oder so etwas ähnliches –, und deren Zweige traten direkt aus dem Boden hervor. Shozo griff ihre Schultern, der Junge hielt ihre Füße. So schleppten sie sie mit Müh und Not bis an die Wurzel eines offenbar ziemlich hohen Baumes. Wahllos rissen sie vertrocknetes Gras vom letzten Jahr und frisches Unkraut heraus und stopften es unter ihren Körper.

Sie hatte die Augen geschlossen und war so schwach wie eine Sterbende. Aber ihr Atem ging fast regelmäßig, und am Handgelenk schlug der Puls. Als er ihr die Hand auf die Stirn legte, fühlte sie sich etwas heiß an, aber nicht fiebrig.

Shozo und der Junge setzten sich neben sie, als wollten sie ihr Gesicht von beiden Seiten im Auge behalten. „Passiert so etwas öfter?" fragte Shozo leise. „Ich meine, daß sie so plötzlich das Bewußtsein verliert."

Der Junge schüttelte den Kopf.

Nach dem Sturz vom Motorrad auf dem Neuland Nr. 13 war sie auch ohnmächtig gewesen, aber da hatte Shozo sogar im Dunkeln gewußt, daß Leben in ihr war. Und später hatte sie zugegeben, sich nur ohnmächtig gestellt zu haben. Sie war wohl auch nur kurz nach dem Sturz bewußtlos gewesen, ihr Gesicht hatte er unter dem Helm ja nicht sehen können.

Jetzt ist es anders, dachte Shozo. Und auch noch ein wenig anders als eine normale Ohnmacht. Er fühlte, daß sie nicht einfach weggetreten war. Sie schien im Gegenteil in einem Zustand extremer Anspannung gewesen zu sein, in einem überhöhten Bewußtseinszustand. So wie ein Kreisel bei enorm schnellen Drehungen weiß auszusehen beginnt, so war ihr Bewußtsein heißgelaufen und nicht vernebelt ...

An der Außenseite des Walls mußte das Meer sein, aber es war nichts zu hören, weder Brandung noch Schiffe. Manchmal gellten die Schreie der Reiher über den Wall, doch danach wurde die Stille um so tiefer. Nur das leise Summen umherschwirrender Insekten drang ans Ohr. Nun, kurz nach Mittag, schien die Sonne am stärksten, und über der ganzen Gegend lag intensiv und lau ein durchdringender, aromatischer Pflanzenduft.

Er hob den Blick. Sie waren umzingelt von kopfüber hängenden Reiherkadavern, die hier und da hervorguckten oder auch verborgen blieben. Er entdeckte einige Nester, manche mit, manche ohne Eier. In ihrem Blaßblau seltsam schön wie edles Seladonporzellan und gespenstisch.

Eine gespannte Atmosphäre lag über der Gegend. Eigentlich war es blendend hell, nur nicht unter den dichten Sträuchern und dem Baum, wo sie lag.

Shozo schlug ihr leicht auf die Wangen. Sie reagierte nicht.

„Wird schon in Ordnung sein, glaube ich, wenn sie sich noch ein bißchen ausruht. Sie ist ja nicht hart aufgeschlagen."

Shozo versuchte sich mit Worten zu beruhigen.

Ab und zu zitterten ihre Lider, und ihr Mund bewegte sich. Die beiden rückten näher an sie heran.

„O weh", hörten sie.

„So in der Luft zu baumeln."

Sie meinte anscheinend nicht sich.

„Die Eier warten auf mich."

Heiser und verhangen, wie eine alte Frau.

Plötzlich wieder ihre eigene schrille Stimme:

„Mehr, mehr, den höchsten Gang, schneller, noch schneller . . ."

Die Augen nach wie vor geschlossen, zuckte ihre Gesichtshaut, und man konnte hören, wie ihre Backenzähne malmten.

Dann wich allmählich alles Blut aus ihrem Gesicht, die Lider hörten auf zu zittern, die Lippen bewegten sich nicht mehr, und ihr Atem wurde ganz leicht. Die Haut und auch das Fleisch darunter zogen sich zusammen, so daß sich ihre Miene veränderte. Ihre Lider gingen langsam auf und blieben auf der Hälfte stehen. Man sah nur das Augenweiß.

Bestürzt griff er nach ihrem Handgelenk. Der Puls schlug immer noch, nur ihr Gesicht hatte jeglichen Ausdruck verloren, maskenhaft, wie eine Maske ohne Augäpfel. Nein, wie das Gesicht einer Schaufensterpuppe.

Wo hatte er dieses Gesicht schon einmal gesehen, dachte er gerade, als es plötzlich erlosch. Ihr Atem wurde tiefer, ihre Brauen zogen sich wieder zusammen, und sie sah gequält aus.

Vor dem Jungen wollte er seine Gefühle im Griff behalten, und trotzdem schlotterten ihm fast die Knie. Kann ein Mensch denn so viele in sich verschlungene, übereinanderliegende Gesichter, Stimmen, Auren, Bewußtseinszustände haben? Wechselnde Kräfte drängen sich in ihren Körper und ihr Bewußtsein, ziehen sie auseinander und zusammen und verdrehen sie. Von Anfang an hatte ihr wie ein flackernder Schatten etwas angehaftet, das sie gefährdet erscheinen ließ. Bei Licht war sie scheu, und ihre Konturen verschwammen wie die einer Fremden, im Dunkeln hingegen wurde sie munter und strömte geradezu unheilvoll über vor Kraft.

Das war jetzt keine charakterliche Abnormität oder Schwäche, fühlte Shozo erschüttert, darin offenbarte sich rückhaltlos menschliches Wesen. Ich selbst habe zwanghaft immer nur eine Gestalt, ein Gesicht, eine Stimme von mir nach außen gelassen, ohne wirklich zu glauben, daß das alles von mir oder daß das mein Ich sei. Möglicherweise habe ich mir dabei gerade noch so ein Selbst bewahrt, das sich plötzlich in ein ganz anderes verwandeln könnte.

So habe ich gelebt, aber nicht nur, um anderen zu gefallen oder von ihnen ins Vertrauen gezogen zu werden, oder etwa weil ich meinen Broterwerb nicht verlieren wollte. In der Welt der Wirklichkeit zwingen uns einfach unsichtbare Kräfte dazu. Leben heißt sie anzunehmen, das war mir in Fleisch und Blut übergegangen, aber das hier bin nicht ich. Dieses Gesicht und diese Stimme sind nicht mein wirkliches Ich.

Ungewollt hielt Shozo die Hand der Frau, die im Gras lag, fest. Sie wurde schlagartig blutleer und kalt und zuckte dann unregelmäßig und vehement.

Bis vor kurzem noch hätte ich dich bloß für eine Verrückte gehalten, aber nun bin ich genauso wie du. Das kam Shozo aus tiefster Seele. Seit ich angefangen habe,

Der Junge schrie. Was, war nicht zu verstehen. Er verstand es vielleicht selbst nicht. Wie ein Besessener zitterte er am ganzen Körper.

Aber Shozo konnte diesen Schrei, Notschrei wie Klageruf in einem, unmittelbar nachempfinden. Aus Shozos Seele kam tonlos derselbe Schrei.

Furcht vor dem Verfall, Abscheu vor dem Formverlust. Der Wald war ein Wald und doch kein Wald. Weder Bäume, Gras noch Schlangen verwandelten sich in anderes und hatten doch nicht die Gestalt von Bäumen, Gras oder Schlangen. Trotzdem hatte der Wald viel stärker als zuvor eine Aura von Wald. Ein Strudel der Lebenskraft. Grauenerregend und zugleich strahlend. Unheimlich und doch schön.

Das Notgeschrei des Jungen klang wie Singsang.

Ähnlich schockiert war Shozo auf dem Müllentladeplatz gewesen, an einem ähnlich sonnigen Nachmittag wie heute. Er erinnerte sich deutlich daran, wie die Abfälle geleuchtet hatten. Daß die Kraft, die pausenlos Abfälle erzeugte, zugleich auch neuen Boden schuf. Und daß diese Kraft, die das Neuland hervorbrachte, andererseits alle Produkte Tokyos und bald auch Tokyo selbst in Abfall verwandelte.

Es war wie im Traum. Aber wie in jenen tiefen Träumen, bei denen einem nach dem Erwachen alles, was man sieht, einen Moment lang eher schattenhaft erscheint, sogar man sich selbst – bodenlose Träume, wie man sie nur wenige Male im Leben hat.

Keuchend spürte Shozo, wie seine Körperzellen zitternd auffunkelten.

Plötzlich stöhnte sie und wand sich vor Schmerz. Da kam Shozo wieder zu sich und sah ihr ins Gesicht. Sie atmete hastig ein paarmal und knirschte mit den Zähnen dabei. Und dann öffnete sie ganz langsam die Augen.

„Bist du wieder da?"

Er beugte sich über sie und legte ihr die Hände auf die Schultern.

„Wo bin ich? Was macht ihr?"

Shozo nahm den Oberkörper zurück.

„Du warst ohnmächtig, hast die toten Reiher gesehen, und dann haben wir dich hier hingelegt."

Ihr Bewußtsein war noch nicht wieder ganz klar.

„Und plötzlich ist da so etwas . . ."

Die Worte blieben Shozo im Halse stecken, und er drehte sich um.

Der Wald war wieder zur Ruhe gekommen. Alles war wieder da, sogar die Sonnenflecken unter den Bäumen.

„Was soll passiert sein?"

Sie strich sich das wirre Haar zurück und richtete mühsam ihren Oberkörper auf.

„Der Wald war weg", sagte endlich der Junge. Seine Stimme klang verkrampft.

„Was redet ihr beide da für einen Unsinn", murrte sie und hielt sich dann mit beiden Händen den Kopf. „Mir platzt fast der Schädel vor Schmerzen. Bewußtlos war ich? Mir ist so, als ob ich etwas Schreckliches geträumt hätte, aber ich kann mich an nichts mehr erinnern."

Shozo nahm ihre Hand und half ihr hoch. Sie schwankte ein wenig, aber konnte dann doch stehen. Stirnrunzelnd sah sie über die Reiherkadaver ringsum und sagte: „Schrecklich, einfach schrecklich."

Der Wald mit seinen Bäumen, Schlingpflanzen, modernden Ästen und Eidechsen war wieder wie zuvor, aber Shozo merkte, daß er die dicken Stämme und das dichte

Gestrüpp jetzt anders wahrnahm. Ich habe es gesehen, spürte er immer noch deutlich. Auch dieser Urwald wird irgendwann verfallen, und das muß man vielleicht nicht einmal beklagen.

14

Mit der Begründung, daß sein Herz nicht ganz in Ordnung sei, nahm Shozo eine Woche Urlaub. „Eine Arrhythmie . . .", wollte er gerade erklärend ansetzen, da entgegnete man ihm schon: „Schonen Sie sich bitte, und gute Besserung!"

Es war nicht gelogen, daß mit seinem Körper etwas nicht stimmte. Er fühlte sich allerdings weder matt noch niedergeschlagen. Nach seiner Rückkehr von der Festung mußte er zwar erst einmal einen ganzen Tag lang schlafen, aber am nächsten wachte er dann erholt auf. Er hatte sogar Appetit, und seine Stimmung war bestens.

Doch daß er seine Lebenskraft zurückgewonnen hätte, konnte er nicht von sich behaupten. Er fühlte sich eher völlig entleert, wie nach einem starken Durchfall, und es schien keine Kraft aus seinem Innern zu kommen. Dagegen eine von außen, die ungehindert durch ihn hindurchzog und dabei etwas in ihm zerstörte. Das war klar. Aber er merkte auch, daß sie beim Zusammenprall mit den Muskeln, Körpersäften und Gedächtnissplittern, aus denen er bestand, so etwas wie ein schwaches Licht aussandte. Licht von Berstendem, Wärme von Verwesendem.

Den ganzen Tag verbrachte Shozo mit solchen Grübeleien, während er im Wohnzimmer saß und gedankenverloren aus dem Fenster schaute. Das Viertel mit seinen vielen neuen Wohnbauten, selbst tagsüber nicht sehr belebt, war sauber und ruhig. Es gab keine Häuser, auf deren Balkons Bettzeug und Wäsche zum Trocknen hingen oder Gerümpel sich stapelte. Die Glastüren waren mit Spitzengardinen verhängt, und die hellen gekachelten Außenwände reflektierten das Sonnenlicht.

Früher hatte Shozo diese Häuser mit ihren festen, klaren Formen, die Schwere der Stahlbetonbauten, ihre gelassene Erscheinung und ihre ungetrübte Ruhe als angenehm empfunden, doch nun wußte er, daß jedes einzelne Haus wie auch die ganze Straße in Wirklichkeit ununterbrochen atmete und etwas absonderte. Tagtäglich schieden sie Mengen verschiedensten Mülls und Abfalls aus und wurden dabei selbst mit der Zeit zu einem riesigen Abfallhaufen. Bei genauerem Hinsehen konnte er spüren, wie sich sogar die Kachelwände bis zu den Stahlstreben in ihrem Innern heimlich wanden. Wohnhäuser sind auf eine Nutzungsdauer von etwa sechzig Jahren angelegt. In Wirklichkeit werden sie wahrscheinlich länger halten, aber wie lange wird das Wasserleitungs- und Gasrohrnetz intakt bleiben, von den Außenwänden und dem Trägergerüst einmal abgesehen? Nicht viel länger als ein menschlicher Körper, dachte Shozo.

Dem Verfall ausgesetzt, atmet selbst Betonarchitektur. Die rauhen Wände aus Beton oder Mörtel und selbst die harten Kacheln können atmen, weil sie eigentlich voller unsichtbarer Risse und Löcher sind, genau wie mein Körper. Sie stoßen Verschiedenstes aus, und alles gelangt in sie hinein. Nichts Außergewöhnliches, wie der Beton so auch der Mensch.

Am Abend ging Shozo aus. Er aß in einem Restaurant in der Nähe. Der Kellner, der ihn vom Sehen kannte, bediente ihn freundlich. Höfliches Benehmen, mildes Lächeln, unaufdringliches Gespräch. Was der junge Mann wirklich denkt, wußte er jedoch nicht. Wo er wohnt, was für eine Frau seine Freundin ist, was er an seinen freien Tagen macht. Selbst wenn Shozo ihn danach gefragt hätte, wäre bestimmt nur ein unverbindliches Lächeln als Antwort gekommen. Der junge Mann wiederum wußte nichts von Shozo und fragte ihn auch nichts.

Beide sind wir wie gut gemachte Schaufensterpuppen, die hier, im Restaurant, halb bewußt, halb unbewußt nur diese eine Gestalt annehmen. Im Grunde lächerlich, aber so ist diese Welt nun einmal. Und es gibt mit Sicherheit etwas, das darüber hinausreicht, dachte er in Erinnerung an den Festungswald.

Shozo fuhr mit einem Auto nach Shibaura und stieg die Treppe des alten Lagerhauses hoch. Sie versteht es bestimmt.

„Für Menschen Zutritt verboten!" Vor dem Zettel an der Tür lächelte Shozo. Ihm war, als sei er aus weiter Ferne heimgekehrt. Ich bin schon kein Mensch mehr. Eine Puppe, die nicht Mensch werden kann, umherwandernder Abfall.

Sie war da. Shozo klopfte nur einmal, und schon wurde die Tür geöffnet. Drinnen brannte die Glühbirne ohne Schirm. Sie war anscheinend bei der Arbeit. Auf dem Betonboden lagen einige nackte Puppen. Im Zwielicht der kahlen Birne sahen die glatten Körper mit ihrer Hautfarbe seltsam erotisch aus.

„Ich habe dich gestört, nicht wahr?"

„Nein, ich wollte gerade Pause machen."

Ihre Stimme war tief und nervös, aber mit einem Anflug von Vertrautheit. Sie hatte ihr Haar zusammengebunden, war ungeschminkt und trug weite, weiße Baumwollsachen.

„Ich war an einem komischen Ort", meinte Shozo.

„Mit ihr?"

„Ein Ort wie deine Trauminsel. Daß es so einen gleich da drüben in der Tokyo-Bucht gibt . . ."

„So? Kenne ich nicht."

„Kennst du den wirklich nicht?"

Sie standen sich gegenüber. Unruhe schlich sich kurz in ihr Gesicht, aber es wurde gleich wieder so gefühlsarm wie sonst.

„Das ist genau deine Trauminsel!"

„Ich weiß nicht, wovon Sie reden."

Sie klang ungehalten.

„Es hat Spaß gemacht, viel Spaß . . . Aber etwas anderes, ist sie wirklich deine Schwester?"

In Gedanken brachte er der Frau vor sich die Haare durcheinander und schminkte sie grell. Sie schien ihr ähnlich und auch wieder nicht.

Mit den Händen in den Taschen ihrer pludrigen Hose begann sie herumzulaufen, um sich Shozos Blick zu entziehen.

„Was hast du eigentlich gerade gemacht?"

„War dabei, eine Puppe zu töten", antwortete sie.

„In welches Schaufenster soll so eine Szene denn kommen?"

„Das ist kein Job. Sondern eine Arbeit für eine Ausstellung, die wir mit Freunden machen."

„Aber wieso mußt du sie töten?! Die Puppe will auch leben. Vielleicht mit mehr Traurigkeit und Ernst als ein Mensch."

„Deshalb muß ich sie ja töten. Die macht sich nämlich eigensinnigerweise selbständig."

Das klang nach Gefühlen.

„Darf sie das etwa nicht?"

„Sie ist mir nicht geheuer! Wie die Yoko."

Haßerfüllte Stimme.

„Na, dann hängst du sie eben einfach an den Füßen auf . . ."

„Das wäre gar nicht mal schlecht."

Sie blieb stehen und wandte sich Shozo zu. Grinste sie?

„Ich glaube, ich habe auch etwas in der Art geträumt. Irgend etwas hing mit dem Kopf nach unten. Nur was? Kann mich nicht erinnern."

„Reiher", erwiderte Shozo, wobei er ihr Gesicht im Auge behielt.

„Nein. Viel größer. Wie ein Mensch. Es hing baumelnd in der Luft."

Ihre Augen wurden starr und begannen zu schimmern. Aus den Tiefen ihres bleichen Gesichts kam eine verführerische Kraft herauf.

Die Anziehungskraft, die in ihren Schaufensterszenen herrschte. Träume, in denen sie sich, vergraben in dieser Betonhöhle, unterdrückte, verdrängte und verdichtete, Visionen, die sich willkürlich vermehrten. Nur böse Kräfte drangen in sie, weil sie sich so fest einriegelte.

Plötzlich begann sie lebhaft zu hantieren. Sie nahm eine Puppe vom Boden auf und trug sie zur Wand. Sie holte ein Knäuel Kunststoffschnur und band der Puppe die Fußgelenke zusammen. Dann schleppte sie eine Stehleiter herbei und drehte mit der Bohrmaschine eine dicke Holzschraube in die Betonwand. Die Vibrationen des Elektrobohrers übertrugen sich auf den Fußboden.

„Ich habe das nur so dahingesagt. Du willst das doch nicht wirklich tun?!" schrie er, aber sie drehte sich nicht einmal um. Bis zu Shozo drangen die dunklen Impulse, die in ihr sprudelten.

Sie legte die Schnur, die die Fußgelenke der Puppe fesselte, über die Schraube und begann, daran zu ziehen. Mit den Füßen voran hob sich die Puppe langsam, bis sie mit dem Kopf leicht über dem Boden an der Wand hing. Der schwache Glühbirnenschein reichte nicht richtig bis hinüber. Körper und Schatten der Puppe schwankten in dem gelben, matten Licht wie ein nackter Mensch.

Sie lachte los. Das Ende der Kunststoffschnur noch immer in der Hand, stand sie neben der Leiter und lachte, anfangs tief und fast atemlos, dann nach und nach heiser und wie übergeschnappt.

Shozo eilte auf sie zu, um ihr die Schnur wegzunehmen. Sie sträubte sich und versuchte, sich seiner Hand zu entwinden. Da lockerte sich ihr Griff. Der Puppenkörper knallte mit dem Kopf voran auf den Boden. Der Schädel war zur Hälfte in den Rumpf gerutscht, eine Hand gebrochen, die Beine verrenkt, und von der Brust bis zum Bauch zog sich ein tiefer Riß.

Sie aber hörte einfach nicht auf zu lachen. Shozo schlug ihr ins Gesicht. Es war das erste Mal, daß er eine Frau schlug.

Einen Moment lang riß sie die Augen weit auf, holte Luft – und lachte dann wieder los. Aus ihrem Lachen hörte er Wortfetzen heraus.

„Das, das ist unsere wahre Gestalt! Verrenkt, rissig.

Sieh genau hin! Du bist auch nicht anders, wie ordentlich du auch tust."

Das widerhallende Lachen wurde von den massiven Betonwänden aufgesogen.

„Ich glaube, ich habe auch geträumt, daß ich dir in einem Wald bei Nacht in den Armen gelegen hätte, aber in Wirklichkeit hatte ich nur auf dem Boden hier eine Puppe im Arm. Den Wald gibt es überhaupt nicht! Es sind nur zwei Puppen zusammengeprallt und über den Beton gerollt."

Wortlos verließ Shozo das Lagerhaus.

Von der Treppe blickte er hinunter aufs Meer, aber weder das Neuland noch die Festung waren zu sehen, versunken in der Dunkelheit.

Wir hätten die Reiher begraben sollen, dachte er, wie der Junge gesagt hatte.

15

Abend für Abend wartete Shozo an der künstlichen Bucht, nicht weit von der Festung, auf die Motorradfahrerin und den Jungen.

Einen, zwei, drei Tage lang blieb das Motorrad aus, ohne daß er enttäuscht gewesen oder ungeduldig geworden wäre. Früher hätte ihn so eine Zeitverschwendung maßlos geärgert. Jetzt hatte er das Gefühl, in einen anderen Zeitstrom gefallen zu sein, wenn er allein von einer Bank im Uferpark aufs Meer schaute, über dem die Nacht hereinbrach, und über die Straße hinweg zusah, wie die öden Wiesen des Neulands Nr. 13 hinter der Bucht-Autobahn in der Dunkelheit versanken.

Daß aber die Zeit verrann, merkte er am Farbenwechsel des Meeres: von blau zu violett, von violett zu eisengrau. Doch schien es nicht der Abendhimmel zu sein, der das bewirkte. Vielmehr änderte offenbar das Wasser selbst seine Farbe, wenn es zur Ruhe ging. Sogar das Neuland verlor seine starre Abwehr gegen das Sonnenlicht und zerfloß im Dunkeln, als habe es seinen Spaß an der Wärme der Abfälle, die sich tief unter der Erde gärend zersetzten. Shozo spürte, daß alles, der Asphalt, das Unkraut am Straßenrand und auch die Bänke, im Wachen und Schlummern seinen eigenen Atemrhythmus hatte, und daß diese einander verstärkenden Rhythmen in ihrem subtilen Übereinander einen größeren, kreisenden Zeitstrom erzeugten.

Während Wellen unablässig an den Uferfelsen leckten, durchpulste eine Zellteilung nach der anderen das Unkraut. Und in der eigentlich von fern herbeigeschafften Neulandserde lebten ganz sicher, wie der Junge gesagt hatte, Millionen, Milliarden, wenn nicht gar unzählige Mikroben immer aufs neue ihre kurzen Leben. Wobei sie über die Kürze der ihnen gegebenen Zeit wohl kaum jammerten. Eine merkwürdige Welt. Aber Shozo merkte, wie er sich ihrer Merkwürdigkeit allmählich öffnete.

Nur immer dann, wenn er die unangenehme Erinnerung an die Puppe nicht abschütteln konnte, die kopfüber an der dunklen Lagerhauswand gebaumelt hatte, dann fühlte er fast zwanghaft, er müsse die Reiher begraben. Geben wir sie der Erde zurück, wenn wir sie schon nicht in den Himmel entlassen können.

Am vierten Tag schließlich, als die Nacht still das Neuland einzuhüllen begann, raste von der Bucht-Autobahn wieder das starke Scheinwerferlicht eines Motorrads auf ihn zu. Die beiden waren nicht überrascht, als sie Shozo entdeckten, und er sagte nicht, daß er gewartet hatte.

Wie schon beim letzten Mal, zerrten sie das Bündel mit dem Schlauchboot aus dem Wäldchen und fuhren, sich an den Paddeln abwechselnd, zur Festung hinüber. Sie durchquerten die mit Styroporresten übersäte Öffnung im Wall, und als sie in den Wald hineinkamen, wurden sie mit sanftem Rauschen empfangen. Fledermäuse flatterten ausgelassen durch die Gegend.

Erst nachdem sie sich in der Steinhütte niedergelassen hatten, sagte Shozo: „Morgen werden wir die Reiher begraben!"

„Aber wir sind doch nicht an sie herangekommen!"

„Ich habe eine kleine Sichel gekauft, die gut schneidet. Und eine Handschaufel auch."

Der Junge nickte zwar, aber nicht sonderlich begeistert.

„Sie müssen vorsichtig sein", meinte er altklug.

„Die Vögel verfluchen die Menschen, weil sie unter Qualen sterben mußten."

„Deshalb werden wir sie begraben und für sie beten."

Als der Junge eingeschlafen war, gingen sie wieder tief in den Wald, wie beim letzten Mal.

„Ich bin dir wirklich dankbar", sagte Shozo, als sie im Gras beieinander lagen. „Du hast mal gesagt, ich würde herumirren, als sei ich auf der Suche. Ich glaube zwar nicht, daß ich etwas gefunden habe, aber manches sehe ich jetzt anders als vorher."

Sie schwieg.

„Es wäre schon ein armseliges Leben gewesen, wenn ich dir nicht begegnet wäre. Ja, nur wie das einer Schaufensterpuppe mit korrekt gebundener Krawatte."

Die von der Wand herabgestürzte, verdrehte, gesprungene, tote Puppe, das sei er, hatte jene Frau geschrien. Aber nun nicht mehr, wurde ihm bewußt. Ich bin eine Puppe, die mit ihrem ganzen Körper atmet. Jemand, den die Kräfte dieser Welt durchdringen, auch wenn er immer noch keine Seele hat.

„Hast du eine große Schwester, die sich in einem alten Lagerhaus in Shibaura vergräbt und an Schaufensterpuppen herumbastelt?"

„Nein."

„Ich will dich nicht aushorchen, und mit uns hat das auch gar nichts zutun, aber sie scheint dich ein wenig zu kennen. Ähnelt dir auch irgendwie."

„Ich weiß nichts. Habe keine Schwester."

Sie klang ruhig und machte auch keineswegs den Eindruck, daß sie log. Nur schwieg damit Shozos sechster Sinn noch nicht, der ihm sagte, daß da etwas Unerklärliches war, was die beiden vielleicht selbst nicht durchschauten. Aber was soll's? Offenbar sind weder die Mechanismen dieser Welt noch die Menschen so, wie ich bis vor kurzem zu wissen meinte.

Eine Weile schaute er stumm in die dunklen Blätter über ihnen. Im Unterschied zu neulich war es heute nacht ein bißchen windig. Die Blätter rauschten, und der ganze Wald hatte eine gewisse Aura, die an der Seele zerrte.

„Also, wegen der Reiher . . .", fing sie plötzlich an.

„Sollten wir nicht lieber alles so lassen? Dort geht etwas sehr Starkes um. Es macht mir Angst."

„Es ist doch traurig, wie sie da in der Luft hängen."

„Aber du hast lauter Ritzen. Alles mögliche schleicht sich in dich ein. Als ob du es herbeirufst. Dabei denkst du, du hättest deinen eigenen Kopf und würdest dein Handeln selbst bestimmen. Von den Vögeln sagt man, daß sie am meisten gefährdet sind, wenn sie sich mausern. In so einer Phase scheinst du jetzt zu sein."

Von einem anderen hätte er sich das bestimmt nicht sagen lassen. Als könne sie seine Gedanken lesen, sprach sie weiter:

„Ich kann dich verstehen. Bin nämlich genauso ein Mensch, der in der Dämmerung über das Neuland zieht. Fast wie ein Schatten."

Shozo nahm ihre Hand und lachte:

„Ein Schatten hat nicht so warme Hände."

„Du glaubst doch selbst schon nicht mehr, daß es Wirklichkeit ist, was du siehst und berührst."

Ihre Stimme war tief, aber voll Gefühl.

Recht hat sie, dachte Shozo. Selbst dieser Wald fällt unversehens ohne einen Laut in sich zusammen. So wie die Reiher in kaum erkennbaren dünnen Nylonsehnen sterben, ohne zu wissen, warum. Weil der Wald davon weiß, rauscht er so. Und alles unruhig Rauschende ist mir jetzt nah. Dieser Wald, diese kleine vergessene Insel, das neu aufgeschüttete Land, geboren aus verwesendem, absinkendem Müll, der übersensible Junge und sie.

„Ich liebe dich."

Noch einmal drückte Shozo ihre Hand und stand dann auf.

Das Rauschen des Waldes wurde stärker.

In der Morgendämmerung kam der Wald zur Ruhe, und sie verlor zusehends an Lebenskraft. Sie widersprach ihm auch kaum noch, als er sagte, er wolle nun doch die Reiher begraben.

Diesmal fiel sie nicht in Ohnmacht, als sie zu dritt dort anlangten, wo die Reiher starben. Sie schien bis zum Zerreißen gespannt.

Der Junge blieb wortkarg. Shozo hieb sich einen Ast von passender Länge ab, band die Sichel an dessen Ende fest und schnitt verfitzte Lianen, Nylonsehnen und Zweige damit ab. Ohne Scheu fing der Junge die Reiherleichen auf, richtete ihnen die verdrehten Hälse und Beine, ordnete die wirren Flügel und schloß ihnen die Augen.

Manchmal war es mühseliger. Shozo kletterte dann auf einen dicken Baum in der Nähe und schnitt mit seinem vorgestreckten Sichelstab die Äste von der Seite her ab. Sie hatte die Arme um ihren Körper geschlungen und stand unbeweglich da.

„Ruh dich doch im Schatten ein bißchen aus", meinte Shozo zu ihr, aber sie schüttelte nur den Kopf.

Auf der Suche nach den Sterbeplätzen der Reiher stiegen Shozo und der Junge die Böschung immer höher hinauf. Unten hatten sie schon sieben Reiher und drei Möwen heruntergeholt, und bis sie oben auf dem Wall waren, stießen sie noch auf vier weitere Kadaver.

Das weite Meer funkelte in der hellen Sonne, und dahinter leuchteten weiß die Reihen der Tokyoter Bürohäuser. Die Lagerhallen am Kai von Shibaura waren ganz nah. Hinter ihnen ragte der Tokyo-Tower hervor, und rechts von ihm waren die Hochhäuser des Stadtzentrums zu sehen mit dem World Trade Center Building in der Mitte. Wirklich schön, dachte Shozo im ersten Moment. Die von nahem rauhen Häuserwände sahen aus der Ferne wie polierte Silberplatten aus, wenn sie das helle Sonnenlicht spiegelten.

„Herrlich, was?" entfuhr es Shozo zu dem Jungen neben ihm. „Ein paar von den Häusern sind von meiner Firma. Jetzt bauen wir auch wieder an einigen."

Der Junge blieb eine Weile stumm. Dann sagte er unvermittelt:

„Wie haben die toten Vögel das wohl gesehen?"

Shozo blieb die Antwort schuldig. Er schlug die Augen nieder. An seinem Handrücken klebte schmutziger Flaum.

„Wie siehst du das denn?"

„Ein grauer Betonberg mit großen dunkelblauen Flekken."

„Siehst du das wirklich so?!"

„Die Ecken bröckeln ab. Gelber saurer Regen fällt", murmelte der Junge geistesabwesend.

Dieses Kind sieht mit seinem Zeitsinn, dachte Shozo. Ich habe es noch mit meinen Augen von früher gesehen.

Er schaute wieder hin. Irgendwie kam es ihm so vor, als ob die Sonne abnähme, aber die soliden Hochhäuser schimmerten nach wie vor in strahlendem Weiß. Die haben wir auf den Brandruinen gebaut, dachte er.

Ihm fiel der Müll ein, den er an der Außenseite der Mittelmole gesehen hatte. Einst haben die Bürohäuser aus allem Boden um sich herum Kraft herausgesaugt, um sich zu erheben, und nun werden sie zu einer gewaltigen Kreislaufmaschinerie, die pausenlos Träume frißt, Abfall ausspeit und neuen Boden schafft. Ist der vergessene Festungswald eine tote Seele, die jeden Augenblick spurlos verschwinden kann, dann sind diese weißen Hochhäuser nichts als leuchtende Schatten. An dem Tag, da der alten Natur wie der Stadt von heute die Lebenskraft ausgeht, wird aus dem jetzt noch öden künstlichen Land eine ganz neue, waldähnliche Stadt hervorgehen, ein unbeschwert atmender, anorganischer Wald, den die zum Leben erwachten Schaufensterpuppen bevölkern.

Schweigend stiegen die beiden die Böschung hinab.

Sie blickte über die auf der Erde aufgereihten Vögel.

Warum nur passen Frauen so zu Toten? ging es Shozo durch den Kopf, als er vierzehn kleine Löcher nebeneinander aushob. Der Junge legte sacht einen Vogel nach dem anderen hinein. Sie tat die kalten blauen Eier dazu, die sie wohl in der Zwischenzeit gesammelt hatte.

Als Shozo Erde darüberschaufeln wollte, war er verblüfft, daß das eigentlich völlig verdreckte Gefieder der Vögel blendendweiß schimmerte. Er sah ein Licht, ungetrübter als die Sonne, auf die traurigen Gestalten mit ihren gebrochenen Beinen und Flügeln am Grunde der kleinen Löcher scheinen. Über ihnen lag das gleiche Schimmern wie über dem weggeworfenen Sportschuh. Lebensechte Bilder von Vögeln überkamen ihn, wie sie gemächlich am Himmel kreisten, sich plötzlich auf dem Wasser niederließen oder unbeweglich über ihren Eiern brüteten.

Die Kraft, die endlos Müll und Kadaver hervorbringt und diese dann in winzige Stoffe zerfallen läßt, schafft auch wieder neues Leben. Mit diesem Gedanken begrub Shozo ein Vogelbild nach dem anderen in den Löchern. In den Abfällen leuchten die Leben der Dinge und in den Puppen die Träume der Menschen . . .

Mit gesenkten Köpfen standen die drei, jeder für sich, vor der Reihe der kleinen Erdhügel. In Shozos Seele schlugen die Vögel wieder und wieder mit den Flügeln. Erstaunlicherweise erfüllte ihn allmählich weniger Trauer als vielmehr Heiterkeit.

Bald darauf sagte sie knapp: „Gehen wir zurück!"

„Waren das denn wirklich alle?"

„Zurück!" wiederholte sie nachdrücklich.

„Ich glaube, oben auf dem Wall sind noch welche übrig. Es wäre grausam, sie zurückzulassen, und sei es auch nur ein einziger."

Shozo stieg den Hang hinauf.

„Ich gucke nur mal nach", rief er nach hinten. Sie sagte irgend etwas mit ausgestreckten Armen, aber er konnte es nicht verstehen.

Vom Wall aus schaute er hinunter. Nichts Weißes zu sehen. Dann blickte er zu einem hoch aufragenden, mächtigen Baum auf. Er entdeckte ein paar Nester aus kleinen Zweigen. Und etwa fünf Meter über dem Boden ging ein starker Ast vom Stamm ab, an dem ein Vogel hing.

Es war ein knorriger Baum, der sich mühelos erklettern lassen mußte. Mehrere dicke Lianen rankten sich an ihm hoch.

„Nur den einen hier. Ich hole ihn schnell runter", rief er den Hang hinab, zog sich Schuhe und Socken aus und machte sich dann an den Stamm. Der ziemlich alte Baum hatte an manchen Stellen Löcher. Shozo setzte die Füße hinein und zog sich an den Lianen hoch. Riskant schien es ihm nicht.

Er saß rittlings auf dem starken Ast und schob sich Zentimeter für Zentimeter vor. Nur noch ein kleines Stückchen von ihm entfernt hing der Vogel. Er versuchte, ihn mit der ausgestreckten Hand zu erreichen. Da kam plötzlich ein anderer mit geöffneten Schwingen herangerauscht. Schrill schreiend auf ihn zu. Anscheinend eine Vogelmutter, die Angst um ihr Nest hatte. Sie war nicht groß genug, um ihm wirklich gefährlich zu werden. Trotzdem schnellte sein Körper hoch, und er verlor das Gleichgewicht. Hastig griff er um sich, erwischte aber nicht den Ast, sondern nur die Liane, die sich darum wand.

Sich an der dicken Liane festhaltend, kippte er mit dem Oberkörper nach unten um. Als er mit den Beinen instinktiv den Ast umklammerte, verstrickte er sich in anderen, losen Ranken. Je mehr das Gewicht seines wegrutschenden Körpers an der dicken Liane zerrte, desto straffer zogen sich diese Ranken um seine Fußgelenke und schnürten sie zusammen. Alles geschah im Bruchteil einer Sekunde. Er konnte nicht einmal schreien.

Die Liane, an der er sich mit einer Hand noch hielt, gab nach, bis er vollkommen in der Schwebe hing. Angst hatte er nicht, es kam ihm alles so unwirklich vor wie im luftleeren Raum.

Schlagartig staute sich das Blut unter der Schädeldecke. Hinter seinen Lidern kreiste fieberhaft ein dunkelroter Strudel, zerfiel und löste sich langsam in Dunkelheit auf.

Sein Bewußtsein ließ nach. Als zöge er mit letzter Kraft einen langsam herabsinkenden schwarzen Vorhang wieder hoch, öffnete er die Augen.

Er konnte genau die Stadtviertel Tokyos am jenseitigen Ufer erkennen. Die Schar der Tokyoter Hochhäuser, verkehrt herum.

Trübte sich sein Blick? Hatten sich Wolken vor die Sonne geschoben? Die Konturen der Gebäude verschwammen zu einem einzigen grauen Block.

Aber nach Zusammenbruch sah es nicht aus. Im Gegenteil, zwischen dem Himmel aus dunkelblauem, unheimlich wogendem Meer und der Erde aus klarem, freiem Himmel, blähte sich dieser im Innern pulsierende graue Block auf.

Wie eine riesige Ansammlung von Pilzen sah das aus. Ein auf dem Kopf stehender Berg grauer Pilze.

Das Licht nimmt rasch ab. Es dunkelt. Der Himmel von wogendem, die Erde von durchscheinendem Schwarz. Nur die auf dem Kopf stehenden Viertel Tokyos leuchten immer stärker in einem phosphoreszierenden Hellgrau.

Hinter ihnen schwebt diffus die Brandruinenlandschaft. In der fahlbraunen Weite zusammengebrochene Mauern, kahle Baumstämme, brennende Straßenbahnen. Der Himmel wirbelt heftig. Schreie schallen herüber.

Das Tokyo von heute als zweite Belichtung darüber, nein, die Brandruinen sind es, die sich verdrehen, bewegen und aufblähen. Ihre phosphoreszierenden Silhouetten schwellen an und breiten sich zwischen dem schwarzen Himmel und der leeren Erde aus.

Tränen fließen, die Stirn hinunter. Ist es traurig? Oder schmerzhaft? Oder schrecklich? Ist das Phosphoreszieren in der Dunkelheit schön? Shozo weiß es nicht mehr.

Völlig entrückt spürt er bloß noch, wie der immer weiter anschwellende graue Block auch ihn verschlingt.

16

Nach einem Monat Krankenhaus kam Yoko Hayashi wieder in ihr Atelier, das Lagerhaus in Shibaura, zurück. Ihr kleiner Bruder saß auf der Treppe und erwartete sie.

„Du hast es rausgekriegt, was? Daß ich heute entlassen werde", sagte Yoko freudig überrascht. Ihr Bruder blickte wie immer mit zusammengezogenen Brauen zurück, als schaue er in die Ferne.

„Hatte so etwas im Blut."

Nebeneinander stiegen sie die rostige Treppe hinauf. Der Junge lachte, als er den Zettel sah: „Für Menschen Zutritt verboten".

„Darf ich rein?"

„Hat sich erledigt, das da."

Yoko riß energisch den Zettel ab und zerknüllte ihn in der Hand.

Die sichtlich stärker gewordene Sonne glitzerte auf den Wänden der Lagerhäuser am Kai. Zwischen ihnen flimmerte in der Ferne das Neuland. Die Lichtreflexe auf dem Wasser blendeten. Von der Festung war nur ein Stück Steinmauer zu sehen. Ruhig schlugen die Wellen ans Ufer.

Daß dort so etwas geschehen sein soll – fast unvorstellbar bei diesem friedlichen Anblick. Aber es war Wirklichkeit, sagte sich Yoko. Du darfst nicht davor fliehen. Du wirst demnächst einmal dorthin fahren müssen. Nur nicht heute und morgen. Erst wenn du wirklich wieder etwas mehr zu dir selbst gefunden hast.

Als sie die Tür berührte, begann ihr Herz zu rasen, aber dann kniff sie die Augen zusammen und stieß sie kurzentschlossen auf. Sie war nicht abgesperrt. Es gab sowieso nichts zu stehlen.

„Irgendwie stinkt's", sagte der Junge, der nach ihr eingetreten war. „Als ob etwas verfault."

Es durfte eigentlich nichts geben, was innerhalb eines Monats hätte verfaulen können. Sie hatte hier keine frischen Lebensmittel, weil sie entweder nur Fertiggerichte aß oder aber außer Haus. Und was sie zum Arbeiten brauchte, waren bloß Kunststoffe, aus Plastik oder Vinyl. Doch auch Yoko spürte neben dem Rost- und Betongeruch, der dem Lagerhaus eigen war, noch einen anderen, fauligen. Wahrscheinlich der Geruch von meinem bisherigen Ich. Es kam ihr vor, als läge ihr Körper inmitten der Schaufensterpuppen am Boden.

„Ein Dreck!" meinte der Junge frech.

„Arbeitsräume sind eben so."

„Ich kann das trotzdem nicht leiden."

„Wir ruhen uns erstmal etwas aus und räumen dann auf, ja?"

Sie öffnete die Tür, damit Licht und Wind hereinkamen. Meeresgeruch breitete sich aus.

Hinten in dem Fertigteilverschlag machte sie Wasser heiß und goß sich einen Pulverkaffee auf. Der Junge kramte eine Cola-Dose hervor und begann zu trinken.

„Weiß Mutter, daß du hier bist?"

Er schüttelte den Kopf.
„Hier möchte ich auch wohnen . . ."
„Es ist aber sogar tagsüber dunkel, so ohne Fenster."
„Macht mir nichts aus. Wie in einem Raumschiff", sagte er fröhlich, während er den Blick durch das leere, weite, schummrige Lagerhaus streifen ließ.
„Und du bist ja schon wieder ganz gesund, oder?"
„Ganz noch nicht."
Als sie auf dem Wall unter dem von einem Ast herabhängenden toten Shozo Sakai schrie und heulte, war sie zu sich gekommen. Zu sich? Wenn ihr dieses Wort in den Sinn kam, begann es immer noch vor Angst in ihr zu rauschen.
Schon eine ganze Weile hatte sie dunkel gespürt, daß es ein zweites Selbst in ihr gab. Nur bruchstückhaft wie an einen Traum hatte sie sich in zusammenhanglosen, vagen Szenen daran erinnern können, was diesem anderen Selbst auf seinen Motorradfahrten begegnet war. Aber als sie später per Video sah, wie sie sich im Krankenhaus unter Hypnose in eine nahezu fremde Person verwandelte, von Stimme und Mimik bis zum Verhalten, da jagte es ihr Schauer über den Rücken.
„Sie haben sich zu sehr abgekapselt. Hatten wohl drinnen im Lagerhaus nur mit Schaufensterpuppen zu tun. Deshalb ist das Verdrängte als Ihr zweites Ich zum Vorschein gekommen", hatte der Arzt ihr erklärt.
Aber sie gewöhnte sich allmählich an ihr anderes, ihr Motorradselbst, je öfter sie es im Video sah, und begann zu begreifen, daß dieses Verhalten in Wirklichkeit das war, was sie tief in ihrer Seele unmerklich geträumt hatte.
„Du hast gewußt, daß ich krank war, oder?" fragte

Yoko den Jungen, der in dem verwüsteten Zimmer aufzuräumen begann.

„Hm", antwortete ihr Bruder bloß. Dann fragte er ganz unvermittelt: „Zur Festung werden wir ja wohl nicht mehr können, was?"

„Ich fahre hin", erwiderte Yoko, woraufhin der Junge loslachte.

„Das kannst du doch gar nicht! Mit dem Schlauchboot übers stockdunkle Meer. Das ist kein Park!"

„Aber ich war doch schon dort!"

„Das warst aber nicht du."

„Doch, das war ich", sagte Yoko bestimmt, als antwortete sie sich selbst. Du mußt dir klarmachen, daß auch diese leichtsinnige, übermütige Person, die mit einem fast fremden Mann geschlafen hat, du selbst warst . . .

Er hat die Träume tief in meiner Seele mitgelebt, dachte Yoko. Dabei habe ich ihn so eindringlich gewarnt, weil ich schon so eine Ahnung hatte.

Yoko versuchte, möglichst nicht an Shozo zu denken, aber jedes Mal, wenn er ihr einfiel, gab es einen schmerzhaften Stich ins Herz. Ist das etwa Liebe? So ein Gefühl kannte ich bisher nicht.

„Sie dürfen sich nicht selbst quälen. Es ist nur ein Zufall, daß Ihre Phantasien und das Schicksal dieses Mannes zusammengefallen sind. Wirklichkeit ist Wirklichkeit, und Traum ist Traum!" sagte der Arzt klipp und klar jedes Mal, wenn sie davon sprach, aber ob er damit recht hatte, wußte Yoko bis heute nicht. Was soll das eigentlich sein, die Wirklichkeit?

„Den Computer hierher. Den Videorecorder hier. Den zweiten zum Überspielen vielleicht hierher. Mit der Verkabelung wird es wohl ein bißchen kompliziert werden", murmelte der Junge, während er durch den Raum wanderte.

„Das hier ist ein Lagerhaus! Ungesund!" meinte Yoko zu ihm.

„Nein, das ist ein Raumschiff, das Erz vom Alpha Zentauris bringt."

Der Mensch schafft sich Wirklichkeit nach seinen Träumen. Gibt es denn eine richtige Wirklichkeit? Im Krankenhaus hatte Yoko sich eigentlich schon mit dem Gedanken angefreundet, das hier nach ihrer Entlassung aufzugeben und in eine ordentliche Wohnung zu ziehen, aber allmählich fragte sie sich, ob nicht gerade die hier gesponnenen Träume ihre Wirklichkeit waren.

„Sie müssen damit aufhören, sich in dem Lagerhaus zu vergraben", hatte der Arzt gesagt. „Ihr zweites Ich wird mit der Zeit wieder zum Vorschein kommen, wenn Sie Ihr bisheriges Leben nicht ändern."

Vielleicht. Aber vielleicht ist die richtige, verläßliche Wirklichkeit schon verschwunden. Es gab etwas, das nicht aus dem Mund der anderen Yoko gekommen war, sondern das sie mit eigenen Augen auf der Festung gesehen hatte. Im Kreuz und Quer ihrer Erinnerungen, diesen verworrenen Video-Bildern, blinkte es als einziges auf, und sie sah es nun wieder ganz deutlich vor sich.

Es waren die Augen des toten Shozo Sakai. An akuter Herzlähmung durch Schock soll er gestorben sein. Noch im Tod, als er mit dem Kopf nach unten am Ast hing, waren seine Augen entsetzlich weit aufgerissen gewesen.

„Du, in seinen Augen hat sich Tokyo gespiegelt, nicht wahr? Tokyo auf dem Kopf."

„Das kannst du doch gar nicht gesehen haben", antwortete der Junge teilnahmslos, aber Yoko war überzeugt davon, daß sie es wirklich gesehen hatte.

Ich werde noch einmal auf den Wall steigen und Tokyo mit einem Fischauge verkehrt herum fotografieren. Oben das Meer, unten der Himmel, und dazwischen kopfüber hängend die Hochhausviertel von Tokyo.

Was das zeigen sollte, wußte sie nicht. Yoko wußte es nicht, aber tief in ihrer Seele pulste es unbeschreiblich. Ihr war dieses Bild wichtig. Und es kam ihr auch vor, als hätte jener seltsame Mann damit der Welt eine letzte Botschaft hinterlassen.

Sie dachte an die Beerdigung zurück, an der sie, begleitet von einer Krankenschwester, ganz im Hintergrund teilgenommen hatte. Es war eine anständige Trauerfeier gewesen, auch wenn sie nur in einem kleinen Tempel abgehalten worden war. Ein stattlicher Mann, offenbar ein Vorgesetzter aus Sakais Firma, hatte mit weittragender, klarer Stimme die Trauerrede verlesen.

„Du hast dein Leben dem Unterfangen geweiht, aus Brandruinen ein neues Tokyo aufzubauen. Und nun ist Tokyo eine der modernsten Städte der Welt. Die Hochhäuser, die du über alles liebtest, ragen auch heute wieder prachtvoll in den Himmel und glänzen in der Sonne. Getreu deinem Vermächtnis werden wir noch höhere, noch schönere, noch mehr Hochhäuser bauen!"

„Nein, nein!" schrie es aus Yokos Seele, die hinter den Reihen der Trauergäste stand, obwohl sie in diesem Moment auch nicht wußte, was daran nicht stimmte. Ihr war, als schrien das eine und das andere Selbst zugleich in dieser einen Yoko.

„Na gut, dann wohnen wir eben zusammen in diesem Lagerhaus!"

Dieses triste, leere Halbdunkel, in dem vielleicht irgendwann wieder ein neues zweites Selbst auftaucht, das ist mein Tokyo. Vielleicht kommt einmal der Tag, an dem ich in die Stadt umziehe, vielleicht auch nicht.

„Nein, in diesem Raumschiff!" korrigierte der Junge.

Dieses Kind wird hier seine Träume großziehen.

Draußen vor der offenen Tür blinkt weißes Licht.

Meine Literatur – Wiedergeburt von der Entfremdung

Ich wurde 1929 in Tokyo geboren, verbrachte aber die Zeit vom sechsten bis zum 16. Lebensjahr in Korea, weil mein Vater dort tätig war, und kehrte erst nach der Niederlage Japans im Zweiten Weltkrieg in die Heimat zurück.

Damals war Korea eine japanische Kolonie. Aber trotz der militärischen und politischen Beherrschung durch Japan bewahrten sich die Koreaner ihre eigene nationale Identität. Wir, die Angehörigen der Kolonialmacht, waren in dieser fremden Natur und Kultur wurzellose Gräser.

Das war das eine, und das andere, daß wir nach unserer Rückkehr von den eigenen Landsleuten als kulturell Minderwertige verachtet wurden. Denn wir waren ja tatsächlich abgeschnitten von der japanischen Kultur in der Kultur Koreas aufgewachsen.

Das heißt, ich war in doppelter Hinsicht ein „entfremdeter" Mensch, und das war mir in meiner Jugendzeit sehr wohl bewußt.

Daß das Problem der Entfremdung von der Natur und der überkommenen Kultur ein durchgängiges ideologisches und literarisches Problem des 20. Jahrhunderts ist, begriff ich, als ich, angefangen bei Sartre und Kafka, die europäische und amerikanische Literatur des 20. Jahrhunderts las. Ich habe dann viel darüber nachgedacht, denn ich schrieb Literaturkritiken in meinem dritten Lebensjahrzehnt. Dabei stieß ich auch auf das Thema der Haltung der Intellektuellen gegenüber den Revolutionen nach dem Zweiten Weltkrieg.

Nach der Absolvierung der Staatlichen Universität Tokyo wurde ich, um meinen Lebensunterhalt zu verdienen, Mitarbeiter der Yomiuri-Zeitung. Sie schickte mich 1965 als Sonderkorrespondent nach Vietnam, und ich hatte fast ein Jahr lang aus Saigon über den Krieg zu berichten. Im Verlaufe der schrecklichen und trostlosen Erfahrungen, die ich dort machen mußte, überdachte ich meine Probleme und die der Welt. Dabei kam ich zu der Überzeugung, daß ich sie konkreter und freier in den Formen der Erzählliteratur als in Artikeln würde darstellen können.

Anfangs schrieb ich über mein eigenes Leben. Ich hatte eine Koreanerin geheiratet, und die Angst und Unruhe, die sie in Tokyo, dieser Stadt in einem fremden Land, empfand, legten sich schattenhaft auf meinen eigenen Hang, mich als wurzellosen Grashalm zu empfinden. Dieses Gefühl der Entfremdung war nun mittlerweile zu einem gemeinsamen Problem der Menschen in Tokyo geworden, weil sie plötzlich neuen Erfahrungen gegenüberstanden, die das Leben im Zusammenhang mit dem rasanten wirtschaftlichen Aufstieg in einer riesigen modernen Stadt mit sich brachte.

Für eine Geschichte aus der Serie von Kurzerzählungen, die ich darüber verfaßte, bekam ich 1975 den Akutagawa-Preis, den angesehensten Debütantenpreis, der in Japan vergeben wird.

Danach schrieb ich dann noch bewußter Werke, deren

Hauptthema die gigantische Stadt Tokyo mit ihrer raschen Ausdehnung und Veränderung ist. Es handelt sich hier um eine neue, von der hergebrachten Natur und Kultur losgelöste, besorgniserregende, aber auch faszinierende Wirklichkeit. Ich hoffe, daß meine eigenen unglücklichen Kindheits- und Jugenderlebnisse dadurch zutiefst persönlich in ein neues allgemeines Problem Japans nachempfunden werden können.

In einer Folge von Großstadtvisionen, für die mein eigener Sohn, der in Tokyo geboren wurde und dort aufwuchs, das Modell abgab – ein Teil daraus ist als erste Arbeit von mir ins Deutsche übertragen worden –, habe ich meine Träume und liebevollen Hoffnungen im Hinblick auf einen neuen Stadtmenschen, auf einen neuen Japaner verdichtet.

Mit der traditionellen japanischen Kultur, wie sie von Kyoto repräsentiert wird, verbindet mich wenig. Ich liebe mehr die modernen Städte, die junge Generation und den Kosmos.

Vor vielen Jahren begann sich in mir aufs neue sehr stark ein Interesse an den Problemen der Natur zu regen, allerdings nicht an der hübschen japanischen Natur, sondern an der rauhen, kreativen kosmischen Natur und der städtischen Technologie, die Beziehungen zwischen dem sich verändernden Menschen und dieser Natur – das ist gegenwärtig mein großes Thema.

Aus: *Momentaufnahmen moderner japanischer Literatur, hrsg. von Jürgen Berndt und Hiroomi Fukuzawa, Silver & Goldstein, Berlin 1990*

Der hier mit freundlicher Genehmigung des Verlages publizierte Beitrag wurde übersetzt von Jürgen Berndt.

Japan-Edition

edition q Verlags-GmbH
Ifenpfad 2–4, 1000 Berlin 42

Mit den beiden Meisterromanen »Finsternis eines Sommers« von Takeshi Kaiko und »Trauminsel« von Keizo Hino eröffnet die edition q ihre neue Japan-Edition, herausgegeben von Jürgen Berndt und Klaus R. Dichtl. Jährlich werden 3 bis 4 Titel erscheinen: Werke der zeitgenössischen und klassischen Literatur sowie Zeugnisse zur Kunst und Kulturgeschichte des fernöstlichen Landes.

Takeshi Kaiko
Finsternis eines Sommers
Roman

Aus dem Japanischen von Jürgen Berndt

240 Seiten. Hardcover mit Schutzumschlag
Format 14,8 x 22,2 cm
ISBN 3-86124-228-1
Best.-Nr. 9228

Zwei Japaner, ein Mann und eine seit zehn Jahren in der »fremden Hauptstadt« lebende Geliebte, verbringen gemeinsame Sommerwochen in Deutschland, konfliktreich, voller Spannungen. Resignierend stellt »sie« am Ende fest: »Du kannst niemanden lieben, nicht einmal dich selber.« In der fremden Welt fehlen soziale Bindungen: Ohne jegliche Rücksichtnahme auf die Umgebung entblößen sich »er« und »sie« – innerlich wie äußerlich. Ein in der japanischen Literatur in jeder Hinsicht seltener Fall.